지명에서 이순으로의 기행

지명에서 이순으로의 기행

ⓒ 하광용, 2021

초판 1쇄 발행 2021년 4월 19일
   2쇄 발행 2021년 9월 10일

지은이   하광용
펴낸이   이기봉
편집   좋은땅 편집팀
펴낸곳   도서출판 좋은땅
주소   서울 마포구 성지길 25 보광빌딩 2층
전화   02)374-8616~7
팩스   02)374-8614
이메일   gworldbook@naver.com
홈페이지 www.g-world.co.kr

ISBN   979-11-6649-619-6 (03810)

지명에서 이순으로의 기행

하광용 지음

어느 광고인의 광고 아닌 **인문교양 에세이**

좋은땅

"그의 해박한 인문학적 통찰에 혀를 내두르게 되지만, 이 책의
진짜 매력 포인트는 사람 냄새 물씬 나는 따스함이다."

하광용은 스토리의 귀재이다. 고흐의 그림에서 론 와인의 향을 맡
고, 필록세라의 슬픈 흔적을 찾더니 이내 양인자 노랫말 속 표범과 뒤
섞인다. 정월 대보름달에서 옥슨80의 히트곡이 들리는가 했더니 베토
벤과 드뷔시, 이태백과 정철을 거쳐 이내 게리 무어의 청승맞은 블루스
〈Picture of the Moon〉으로 마무리한다. 애를 끊는 맛으로 치면 달과
블루스는 제법 맛나는 블렌딩이다. 스토리 만들기는 인생을 근사하게
만든다. 하광용의 글을 따라 가다 보면 나도 어느새 근사한 사람이 된
다.
  - **박재범**: 전) 주프랑스 한국문화원장, 이노션 대표이사 / 저자의 상사

이 책은 손이 먼저 가는 것부터 골라 먹을 수 있는 잘 차려진 뷔페와
같다. 그만큼 다양하고 눈길을 끄는 인문학적 주제들로 가득하다. 세상
과 사람을 향한 관심과 애정을 진솔한 글쓰기로 표출하다 보니 따뜻함

이 묻어나는 글엔 마음이 움직이고 농 섞인 문장엔 씨익~ 표정 리액션이 유발된다. 인문학적 소양을 넘어 마르지 않는 지적 호기심과 탐구가 돋보이는 데다 거기에 저자의 감성과 경험을 가미해 빚어낸 세상사에 대한 소탈한 통찰, 지천명에 시작한 글쓰기가 이렇게 맛깔나니 이순에 이르러서는 얼마나 잘 익은 문장들이 태어날지 정말 궁금하고 기대된다. 이 책으로 인해 가보고 싶은 곳이 생기고 다시 가봐야 할 곳이 늘어났다. 그리고 찾아보고 싶은 책, 그림, 음악, 영화의 리스트가 만들어졌다. 그의 관점에 공감하면서 나만의 관점도 느끼게 될 설렘으로 나는 지금 가득하다.

- **문석**: 한화호텔&리조트 대표이사 / 저자의 친구

나무와 풀이 꽃을 피우는 것도 자기를 알리는 광고 행위인지 모릅니다. 광고를 매개로 모든 생명체가 하나로 이어지는 것이겠지요. 우리는 광고의 시대에 살고 있어요. 세상의 단면도와 같은 광고. 한 편의 광고에는 미술, 음악 등 예술뿐 아니라 철학, 심리학 등 인문학적 요소가 가득합니다. 하광용 대표가 쓴 책자의 한 장, 한 장을 펼치면 한 편의 잘 만들어진 광고처럼 아름다운 음악이 들리고 미술 작품이 펼쳐지고 메시지가 전해져 옵니다. 광고의 프레임으로 세상 바라보기, 그 속에 우리가 미처 발견하지 못했던 삶의 아름다움이 있을 것이라 확신하며, 생의 멋진 광고를 꿈꾸어 봅니다.

- **송종찬**: 시인 / 저자의 광고주

머리글

인간이 살면서 습득하는 앎이라 하는 것은 크게 두 가지를 통해 얻어진다고 생각합니다. 하나는 타인이 학습을 통해 남긴 결과물을 통해, 또하나는 자신의 살아 온 경험으로 얻는 결과물을 통해……. 이때 전자의 앎은 지식에 가깝고 후자의 앎은 지혜에 가까울 것입니다. 이런 학습과 경험, 지식과 지혜가 합쳐져야 비로소 인간은 성숙한 이성을 갖춘 객체로서 완성될 것입니다. 《논어》에서 공자 왈 나이 50을 지천명(知天命), 또는 줄여서 지명이라 불렀습니다. 이 나이가 되어야 하늘의 뜻을 알고 땅의 이치를 깨닫는다 해서 이렇게 명명했을 것입니다. 만물의 영장 인간이라지만 그래도 50년은 살아야 지천명의 수준에 도달한다는 것입니다. 관련 분야에 범부를 초월한 능력을 보여 주는 10대의 천재는 그가 천재일지라도 그의 높은 지식에 비해 세상을 관통하는 지혜는 부족할 수밖에 없습니다. 시간을 통한 경험까지 축적되어야 비로소 성숙한 판단력까지 갖춘 조화로운 인간이 될 것입니다. 제 나이 50에 들어서며 글을 쓰기 시작했습니다. 세상의 상하좌우가 어렴풋이나마 보이게 된 나이 대에 접어들면서부터입니다. 제가 그간 학습한 세상의 인문학적 지식에 제가 그간 쌓아 온 세상의 경험을 얹어서 엮어 보았습니다. 이 작업은 아마 60이 될 때까지 이어질 것으로 보입니다. 이순(耳順)의 아침, 그때 귀가 순해지면 이후 다른 세상이 보이겠지요.

지명에서 이순으로의 기행

세상사 인간사 이때저때 이곳저곳 이것저것, 그리고 이사람저사람에 대해 관심 많은 광고인 하광용의 첫 책이자 첫 에세이 모음입니다. 관심이 많은 만큼 오지랖 넓게 이야기를 펼쳐 놓았지만 수박 겉 핥기 식의 얕은 깊이로 인해 정작 음미하고픈 메인은 없을 수도 있습니다. 그럼에도 불구하고 이 책을 펼쳐 주신 독자님께 진심으로 감사를 드립니다. 역사상의 인문학적 사건이나 사실에 저의 성장기 경험을 녹여 함께 이야기하고자 했습니다. 객관적인 팩트에 주관적인 경험의 결합으로 이도 저도 아닐 수도 있겠으나 제목에서 보듯 50대 세대의 지나온 시간을 추억으로 공유하셨으면 합니다. 그리고 학창 시절과 멀어져 지금은 기억이 가물가물한 일련의 인문학적 사건과 사실도 이 책을 통해 즐거운 복습이 되셨으면 합니다. 모쪼록 가벼운 마음으로 한 장, 한 장 넘어가며 지명에서 이순으로의 즐거운 여행이 되시기를 희망합니다.

　무명 졸필의 졸작임에도 흔쾌히 추천의 글을 써 주신 저의 인생 멘토 박재범 형님, 자랑스러운 친구 경영 구루 문석 님, 그리고 제가 겪어 본 최고 광고주인 시인 송종찬 님께 감사를 드립니다. 표지를 비롯하여 제가 요청하는 이미지들을 원본 이상으로 그려 주신 재야고수 이재웅 형님께도 감사를 드립니다. 또한 합리적인 시스템으로 무명작가들의 출판에 훌륭한 도우미 역할을 하고 있는 좋은땅 출판사에게도 감사를 드리며 번영을 기원합니다. 다 호명할 수는 없지만 제가 이 책을 내게끔 자신감을 심어 주고 동기를 부여해 준 분들에게도 또한 감사를 드립니다. 그때는 제가 겸연쩍어 손사래를 쳤었습니다. 특히, 책으로 내야 제 글을 읽겠다고 하며 온라인상에 떠 있는 제 글들의 독서 욕구를 끝내 참

아 내 저의 출판 욕구를 더욱 자극한 역시 광고인인 아내와 지금은 군에
가 있는 아들에게도 감사를 드립니다. 그리고 또…… 많은 저의 여러분
들께 감사를 드립니다.

2021년 3월 하광용

(kay68@naver.com)

목차

추천의 글 4

머리글 6

나의 이야기 < 남의 이야기

어느 메디치의 죽음과 그 유산 14

양재천에 온 칸트 28

노벨상을 그녀와 바꿀 수만 있다면 37

고흐의 황색 시대 43

플란더스의 개와 파랑새 49

제인 에어 vs 버사 메이슨 57

격리는 왜 콰란틴 40이 되었을까? 65

마이센 & 드레스덴 69

안티르네상스, 허영의 소각 77

헬렌 vs 페넬로페 86

원조 코로나 92

잉글리시 호른, 그 묘한 이름 96

나의 이야기 > 남의 이야기

마르쿠스 아우렐리우스 황제의 실물 영접 108

Picture of the Moon 115

사막의 여우 영웅 롬멜 123

여전히 장영희 선생님을 그리며 127

경자신축(庚子辛丑) 133

세상 최고의 천재 컴포저(Composer) 140

동심 크리스마스 트리 146

수인선의 부활 151

또 가야 될 이유가 참 많은 피렌체 159

춥지만 더 추운 것은 164

프로방스 미술왕 172

If or If not 177

나의 이야기
<
남의 이야기

어느 메디치의 죽음과 그 유산

　1478년 4월 부활절, 피렌체를 대표하는 건축물 두오모 대성당에서 성스러운 미사 도중 세상을 놀라게 한 희대의 살인 사건이 발생했습니다. 암살입니다. 피해자는 당시 피렌체의 지도자인 '로렌초 메디치'와 그의 동생인 '줄리아노 메디치', 가해자는 메디치가(家)의 정적인 파치가(家)의 수장 '야코보 파치'를 비롯한 그쪽 사람들이었습니다. 그리고 피렌체에서 멀리 떨어진 로마에서 교황 '식스투스 4세'가 이 사건을 유심히 지켜보고 있었습니다. 그는 파치가의 편입니다.

　암살은 실패입니다. 파치가의 음모라고 불리는 이 사건에서 반드시 살해했어야 할 암살 1차 타깃인 로렌초는 부상만 당하고 도주에 성공했기에 그렇습니다. 하지만 그의 동생 줄리아노는 현장에서 즉사했습니다. 그의 아름다운 몸엔 무려 열아홉 군데나 되는 칼자국이 선명했습니다. 형제간 우애가 지극했던지라 극에 달한 로렌초의 분노는 사건에 가담했던 피렌체에 거주하는 파치가의 남자들과 관계자들을 세상 끝까지 추적하여 모두 죽임으로써 복수를 완료합니다. 그의 누나와 결혼한 파치가의 남자만이 추방으로 정리되어 살생 명부에서 제외되었습니다. 암살자를 포용하고 용서했던 그의 할아버지, 국부 '코시모 메디치'와는 다른 방식의 결정이었습니다.

파치가의 암살 장면, 피렌체 두오모, 1478년

파치가의 입장에선 피렌체에서 1대 메디치 조반니 이후 세대가 흐를수록 권력이 공고해지는 메디치가가 거슬릴 수밖에 없었을 것입니다. 그도 그럴 것이 파치가는 피렌체 최고 명문 가문이었습니다. 그들의 조상 중엔 1차 십자군 원정 시 예루살렘 성벽을 가장 먼저 뛰어넘어 성전에 십자군 깃발을 꽂아 그 공로로 성스러운 부싯돌을 피렌체에 가져온 분도 있었습니다. 그래서 지금도 이를 기념하기 위해 피렌체에선 매년 4월 부활절이면 수레에 불을 붙여 태워 버리는 불꽃 축제가 열리고 있습니다.

그런데 일개 양모업자에 불과했던 메디치가가 해적 출신의 대립 교황을 후원하며 신용을 토대로 어찌어찌하여 교황의 주거래 은행이 되면서 피렌체에서 위세를 떨치기 시작하니 파치가는 그 꼴을 보기가 힘들었을 것입니다. 이에 당시 교황인 식스투스 4세와 그의 조카 리아리오와 짜고 이런 거사를 벌인 것입니다. 교황도 금권력을 토대로 점점 다루기 힘들어지는 메디치가의 로렌초를 누를 필요가 있어 파치가의 편에 서서 이 사건을 묵인하고 지원한 것입니다.

결과적으로 메디치가의 권력은 피렌체에서 더욱 견고해졌습니다. 도시에서 사사건건 그들을 방해하여 눈엣가시 같던 경쟁 세력이 사라졌기에 그렇습니다. 또한 기독교 절대주의인 그 시대에 미사 도중 칼부림을 벌인 파치가를 피렌체 시민들은 곱게 볼 수가 없었습니다. 이제 시민들은 피렌체에서 파치가의 문장인 돌고래 표식을 더 이상 볼 수 없게 되었습니다. 방패 위에 빨간 공과 피렌체의 국화인 백합이 올라탄 메디치

줄리아노 메디치(Giulino de Medici), 1453~1478 / 보티첼리, 1478

가의 문장만이 보이는 세상이 된 것입니다. 위대한 자(Il Magnifico)라 불리게 되는 로렌초 메디치, 그는 공화국 피렌체에서 점점 군주의 길을 향해 가고 있는 것이었습니다.

하지만 이 사건으로 피렌체에서 더 이상 볼 수 없게 된 메디치가의 줄리아노는 죽어서도 시민들이 주목할 수밖에 없었습니다. 로렌초와 공동으로 피렌체를 통치했던 동생 줄리아노는 수려한 외모와 마상 경기 등에 다양한 재능을 지녀 피렌체에서 인기 만점인 남성이었기 때문입니다. 당시 그려진 초상화를 보더라도 형 로렌초와는 달리 줄리아노는 핸섬 가이의 모습을 보여 주고 있습니다. 이렇게 요즘으로 치면 아이돌 같은 존재로 피렌체 여인들의 심장을 두근거리게 한 그가 25세의 꽃다운 나이에 요절한 것입니다.

그가 칼로 난자당해 두오모 바닥에 쓰러졌을 때 감겨 가는 그의 눈엔 당시 세상에서 가장 거대한 두오모의 천장이 보였을 것입니다. 그의 할아버지 코시모 메디치가 당시 건축 기술로는 불가능한 그것을 르네상스 건축 천재 부르넬레스키를 통해 완성해 올렸던 바로 그 큐폴라입니다. 파치가의 음모로 그는 그렇게 속절없이 죽었지만 그의 죽음이 빚어낸 몇 가지 유산이 있기에 이제부터 그것들을 하나씩 이야기하고자 합니다.

미혼인 그에겐 애인이 있었습니다. 인물 좋고 가문 좋으니 당연한 일이었을 것입니다. 그런데 그녀는 유부녀 신분이었습니다. '시모네타 베스푸치'라는 여인으로 그녀는 당시 피렌체에서 가장 아름다운 여인으로

지명에서 이순으로의 기행

손꼽혔습니다. 이름에서 보듯 그녀의 남편은 아메리카 대륙을 발견한 아메리고 베스푸치 가문의 남자였습니다. 아무튼 당시 피렌체 최고의 미남미녀는 이렇게 불륜 관계를 유지하고 있었습니다.

시모네타, 그녀가 어느 정도로 아름다웠냐면 당시 메디치가에서 사숙했던 르네상스의 유명 화가인 '산드로 보티첼리'는 그녀를 보고 '세상에서 가장 아름답다'며 경탄해 마지않아 한 폭의 그림에 그녀를 담았습니다. 바로 그 그림이 그의 대표작인 〈비너스의 탄생〉입니다. 그녀의 모습이 곧 미의 여신 비너스가 된 것입니다. 지구상에 여신 비너스가 있다면 그것은 시모네타일 것이라고 보티첼리는 생각했을 것입니다.

〈비너스의 탄생〉, 보티첼리, 1486

보티첼리가 시모네타를 모델로 그린 그림은 이 외에도 여럿 있습니다. 그중 아래의 그림은 비너스와 군신 마르스입니다. 둘은 방금 정사를 나눈 듯합니다. 그 결과로 남자는 뻗어서 잠이 들었는데 여자는 뭔가 불만에 가득 찬 모습입니다. 그렇습니다. 이 남신 마르스의 모델은 줄리아노입니다. 그의 앞에 있는 여신 비너스를 잘 살펴보면, 위 비너스의 탄생 그림 속 그녀와 똑같이 생겼습니다. 보티첼리의 비너스는 시모네타 딱 한 명뿐이기에 어떤 작품에서든 그녀의 모습은 같습니다.

〈비너스와 마르스〉, 보티첼리, 1485

보티첼리는 메디치 집안에서 어릴 때부터 자라 로렌초와 줄리아노 형제들과 친구처럼 지내는 사이였습니다. 특히 줄리아노와 가까워 그의 죽음을 몹시 애도하였습니다. 그리고 그 역시 시모네타를 연모했지만 그녀에게 다가가지 못하고 가슴속에 품을 수밖에 없었습니다.

이렇게 여자들에게 인기가 많은 줄리아노이다 보니 그는 생전에 다른 여자들과의 염문도 많았을 것입니다. 아니나 다를까 그가 죽은 후 한 어린아이가 메디치 가문의 문을 두드리는데, 그 아이는 그가 시모네타 아

　　　　　　　　　　　　　　　　지명에서 이순으로의 기행

교황 클레멘스 7세(Clemens VII), 1523~1534 재위 / 피옴보, 1526

닌 다른 여인에게서 얻은 사생아였습니다. 아들 이름을 줄리아노라 지을 정도로 동생 줄리아노를 워낙 아낀 형 로렌초인지라 그는 줄리아노의 사생아인 줄리오를 그의 양자로 삼아 메디치 가문의 남자로 자라게 합니다.

로렌초의 적자가 아니라 가업을 이을 수 없었던 줄리오는 커서 교황이 됩니다. 아니, 처음부터 로렌초가 그를 그렇게 성장시켰을 것입니다. 로마 약탈(Saco di Roma) 사건으로 유명한 교황 '클레멘스 7세'가 바로 줄리아노의 아들입니다. 파치가의 음모 사건 때 배후에 교황 식스투스 4세가 있는 것을 본 로렌초는 자기 집안에서 직접 교황을 배출해야겠다고 결심하는데, 줄리아노의 아들에게 그 미션을 부여한 것입니다. 클레멘스 7세 이전, 면죄부 판매로 유명한 교황 레오 10세는 로렌초의 둘째 아들입니다. 과연 어마어마한 메디치입니다. 로렌초 메디치, 그는 교권과 왕권이 격돌했던 그 시대에 가문의 방패막이와 보험 용도로 교황을 집안에서 직접 만든 것입니다.

단색의 드로잉은 '레오나르도 다빈치'가 스케치한 그림입니다. 보시다시피 그림 속 남자는 교수형으로 죽어 가고 있습니다. 그렇습니다. 파치가의 암살범 중 하나로 가장 마지막에 처형을 당한 자입니다. 사건 후 그는 멀리 현재 이스탄불인 콘스탄티노플로 도주했는데 요즘으로 치면 당시 피렌체와 콘스탄티노플 간 범죄인 인도 협약이 체결되어 있어 거기서 압송해 와 교수형에 처해진 것입니다.

지명에서 이순으로의 기행

〈바론첼리의 교수형 드로잉〉, 레오나르도 다빈치, 1478

그때 처형은 일벌백계의 의미로 두오모 옆 베키오 궁 고층 창 안에서 목을 밧줄에 걸어 창밖으로 떨어뜨리는 형식으로 진행하였습니다. 광장에 모인 시민들이 아래에서 모두 잘 보이게 하기 위함입니다. 군중 모두가 경각심과 함께 탄성을 지르는 매우 스펙터클한 장면이 연출되었을 것입니다. 이 군중 사이에 우리가 잘 아는 다빈치, 바로 그가 있었습니다. 과연 천재 예술가답게 그는 크로키 기법으로 빠르게 이 장면을 후세에 남겼습니다. 그림 상단의 메모는 이 남자가 입은 의복에 관한 그의 기술이라고 합니다.

　　당시 이 광경을 구경한 군중 중엔 '마키아벨리'도 있었다고 합니다. 참 대단한 도시 피렌체입니다. 그때 그의 나이 9살, 어렸을 때부터 피렌체에서 정적들 간의 이런 사건들을 보고 자랐기에 훗날 그 유명한 군주론이 탄생하지 않았나 생각해 봅니다. 그러나 그는 나이 때, 운 때가 맞지 않아 그토록 일하고픈 메디치가를 위해 일을 하지는 못했습니다. 피렌체에서 쫓겨났던 메디치가가 재집권할 시 재취업을 위해 피렌체 외곽의 움막 같은 집에서 시내 두오모를 바라보며 와신상담 기회를 엿보던 그였습니다.

　　결국 그곳에서 마키아벨리는 그의 최고 명저인 《군주론》을 탈고하게 됩니다. 이 책은 우여곡절을 거쳐 당시 메디치가의 지도자인 로렌초 2세에게 헌정되는데 그는 이 책에 별 관심을 보이지 않았습니다. 할아버지인 위대한 자 로렌초였다면 아마도 꽤나 큰 관심을 보이며 그에게 일자리를 제안했을 것입니다. 이렇게 묻혔을지도 모를 이 책을 후에 세상에 출간한 이는 바로 교황이 된 클레멘스 7세였습니다. 그는 마키아벨리에게 그의 또 하나의 명저인 《피렌체사》도 의뢰하였습니다. 요절한 줄리아노의 아들 덕에 이러한 마키아벨리의 책들이 세상의 빛을 보게 된 것입니다. 이후 《군주론》은 주지하다시피 세상의 모든 제왕, 정복자, 독재자, 지도자들의 교과서가 됩니다.

마키아벨리의 초기 《군주론》 표지, 1550년 판

줄리아노 메디치, 그는 500여 년 전에 그렇게 죽었지만 오늘날 세상 모든 사람들에게 여전히 그의 수려한 외모를 뽐내고 있습니다. 우리가 그의 형 로렌초의 모습을 처음 봤을 땐 생면부지였을지라도 줄리아노의 모습은 보고 스치며 자라 왔습니다. 보면 바로 '아하!' 하고 감탄하면서 '갸가 갸가?'라고 할 친근한 이가 바로 줄리아노입니다.

학창 시절 미술 시간에 석고 데생 시 봤던 수려한 외모의 조각남 줄리앙이 바로 그 줄리아노입니다. 여자들의 첫 키스 상대로 가장 많이 뽑힌 남자가 줄리앙이란 확인 안 된 설이 있을 정도로 그는 이미 우리나라에서도 스타입니다. 줄리앙과 더불어 그의 연인인 시모네타가 모델이었던 비너스도 꽤 유명한 석고상이죠. 이렇게 비너스와 줄리아노는 유력 석고상 패밀리로 후세에 다시 만나게 된 것입니다. 줄리아노를 모델로 한 줄리앙은 그 시절 메디치 가문에서 먹고 자라고 교육까지 받은 또 한 명의 르네상스 대가 미켈란젤로의 작품에서 유래합니다.

사람은 죽으면 누구나 유산을 남깁니다. 그가 가진 생전 자산이 사후 유산이 되는 것이지요. 많든 적든, 좋은 것이든 나쁜 것이든 유산은 그렇게 후대에 남습니다. 사실 줄리아노 메디치가 살아생전 남긴 자산이라 할 만한 업적은 기록상 별로 보이지 않습니다. 그럼에도 그는 사후 인류에게 위와 같은 많은 위대한 유산을 남겼습니다. 메디치 가문의 힘이 최고조에 달한 위대한 자라 불리는 로렌초 시대에 그가 살고 죽었기 때문일 것입니다. 그리고 인물값……. 과연 줄리아노만큼 죽어서도 이렇게 인물값을 톡톡히 하는 남자가 역사상 있을까요?

(사실 석고상 줄리앙의 주인공은 그의 형 로렌초 메디치의 아들 줄리아노라는 설도 있습니다. 그의 조카로 동명이인이지요. 로렌초가 암살로 죽은 그의 동생 줄리아노를 워낙 아껴 동명으로 지었다는 그 아들입

지명에서 이순으로의 기행

니다. 이 글에서는 보시듯 로렌초의 동생 줄리아노를 석고상 줄리앙으로 기술하였습니다. 둘 사이에 잘생겼다고 하는 근거 있는 확연한 공통점이 있기에 두 가지 설 중 그쪽을 선택한 것입니다. 신화성을 더 부여하기 위해서 그런 측면도 있습니다. 로렌초의 아들 줄리아노의 외모에 대해선 남아 있는 언급을 찾기 힘들었습니다. 원작자인 미켈란젤로는 정확히 알고 있겠지요.)

〈줄리앙〉, 석고상, 미켈란젤로

양재천에 온 칸트

살아생전 태어난 곳에서 100마일 밖으로 나간 적이 한 번도 없었던 철학자. 그의 애향심이 강해서 그랬는지 어땠는지 모르겠지만 그것을 떠나 당시 그의 전성기 평판이나 지명도로 봐서는 여러 도시, 여러 대학에서 방문 요청이 쇄도했을 법한데도 끝내 그는 한 도시를 벗어나지 않고 살았다는 것이 그저 신기할 따름입니다.

우리에게도 많이 알려진 이 신화 같은 이야기의 주인공은 바로 '임마누엘 칸트'이고 그가 사수한 그 도시는 프로이센의 '쾨니히스베르크'입니다. 그는 지금 생전과 마찬가지로 사후 200여 년간 그의 고향이자 활동지였던 그 도시를 지키며 그곳의 대성당에 고이 영면하고 있습니다. 매일 오후 5시면 어김없이 집 주변 정해진 루트로 산책을 해서, 주민들이 그를 보고 시계를 맞췄다고 하는 일화까지 전해져 내려오는 그입니다. 그 루틴을 깨지 않기 위해서라도 그는 그의 생활 반경을 끝내 벗어나지 않았을지도 모릅니다.

이 글을 쓰게 된 단초가 된 우리 집 주변 양재천은 제가 이곳에 거주한 이래로 20여 년간 꾸준히 산책을 즐겨하는 곳입니다. 사시사철 철따라 천과 수변 모습이 변화무쌍한 아름다운 시민의 공간입니다. 10여

년 전엔 체중 감량 차 6개월간 단 하룻밤도 안 빼놓고 양재천을 달리기도 하였습니다. 야근을 해도, 회식과 접대를 하고 와도, 새벽녘에 퇴근을 해도 와서 습관적으로 달리곤 하였습니다. 가상한 노력의 결과로 체중은 감량 목표치에 도달했으나 무릎에 이상이 생겨 이후 6개월간 물리치료를 받았습니다. 무식이 부른 대참사로 이후론 거의 못 달립니다.

이 양재천에 3년 전부터 반가운 손님 한 분이 보이기 시작했습니다. 오오~ 그 이름도 찬란한 임마누엘 칸트! 그가 이곳에 나타난 것입니다. 고향을 절대 안 벗어났다는 그가 저희 집 가까이에 왔으니 얼마나 반가운 일입니까? 양재천 내 강남과 서초 경계에서 서초 방향으로 얼마 안가 왼편 개천 안에 자리 잡은 아주 조그만 미니 섬, 그곳에 앉아서 책을 펴고 사색하는 그의 멋진 동상이 생긴 것입니다. 이마가 잘생긴 것으로 알려진 그는 이곳에서도 그는 멋진 이마를 시원하게 뽐내고 있습니다.

그로부터 전 그곳을 지나칠 때면 빠짐없이 그 미니 섬 칸트의 영토에 들러 그를 만나곤 합니다. 그에게 인사를 드리기도 하고, 눈도 마주치고, 때론 쓰다듬기도 하며 피곤할 땐 그가 내주는 벤치 옆자리에 앉아 잠시 쉬었다 가기도 합니다. 그 시간은 인류의 큰 유산인 위대한 철학자와 짧게나마 시공을 초월한 교감을 주고받는 귀한 시간일 것입니다. 양재천을 오가는 많은 시민들도 저와 같은 심상으로 그를 대하곤 하겠지요.

양재천 칸트(Immanuel Kant) 동상

이후 그는 비가 오나 눈이 오나 바람이 불어도 늘 그곳에 앉아 있습니다. 쾨니히스베르크 강변을 산책했던 생전의 칸트처럼 말입니다. 사진은 지난여름 장마철의 긴 비로 물이 불어나 있을 때 찍은 모습입니다. 그때도 그는 비를 피하지도, 일어서지도 않고 여전히 앉아서 그곳을 지키고 있었습니다. 내내 상념에 잠긴 위대한 철학자의 모습으로 말입니다. 다행히 물이 그의 영토까지는 침범하지 못했습니다. 이렇게 변함없

지명에서 이순으로의 기행

는 모습으로 칸트는 단기간 내 양재천 최고의 스타로 떠올랐습니다.

고대 그리스 밀레투스학파 이래로 동시대에 그처럼 많은 철학자들을 배출한 나라가 있다면 그것은 바로 독일일 것입니다. 니체, 쇼펜하우어, 마르크스, 헤겔, 하이데거, 피히테 등 우리 귀에 익숙한 철학자들만 해도 꽤나 되니 말입니다. 그래도 그중 최고봉을 뽑으라면 그는 단연코 칸트일 것입니다. 영국 로크의 경험론과 프랑스 데카르트의 합리론을 비판하고 종합해 낸 근대 철학의 선구자이니 말입니다. 근대 이전의 모든 철학은 칸트로 흘러들어 갔고 이후의 모든 철학은 칸트로부터 흘러나왔다고 할 정도로 그는 위대한 철학자였습니다. 또한 그는 순수 이성 비판, 실천 이성 비판, 판단력 비판 등의 3대 비판 철학 서적을 완결함으로써 회의하고 또 회의하는 비판 철학의 창시자로도 잘 알려져 있습니다.

사실 제가 이야기하고픈 것은 칸트의 철학은 아닙니다. 철학의 문외한이기에 알지도 못하거니와 알려고 애써 읽어도 읽어도 나오는 건 하품뿐이기에 그렇습니다. 제가 칸트에게서 글의 소재로서 더 크게 느끼는 흥미는 그가 태어나고 살고 죽은 '쾨니히스베르크'란 도시입니다. 오늘날 독일의 뿌리인 프로이센 왕국의 수도였던 그곳이 바로 칸트의 도시입니다. 독일어로 왕의 언덕이란 뜻으로 역대 프로이센 왕들의 대관식이 열렸던 권위 있고 고풍스러운 도시였습니다. 이후 수도는 비스마르크 때 프로이센이 통일되면서 남서쪽에 위치한, 오늘날 베를린으로 이전하게 됩니다.

1차, 2차 세계 대전을 겪으며 칸트의 도시 쾨니히스베르크는 비극 아닌 비극을 겪게 됩니다. 그것도 나쁘게, 더 나쁘게 말입니다. 1차 대전의 전후 처리로 서프로이센이 폴란드로 통합되면서 쾨니히스베르크가 있는 동프로이센은 독일과의 육로가 끊어지게 됩니다. 폴란드가 가로막은 것이지요. 그리고 2차 대전 땐 승전국 소련이 과거 동프로이센 지역의 쾨니히스베르크를 전리품으로 챙기게 됩니다. 소련은 도시명을 볼셰비키의 원로인 칼리닌의 이름을 따서 '칼리닌그라드'로 개명하였습니다.

칼리닌그라드(옛 쾨니히스베르크) 지도

이후 소비에트 연방이 해체되면서 칼리닌그라드는 러시아의 영토로 남게 됩니다. 지도에서 보듯 이젠 러시아와의 육로도 벨로루시와 발트

지명에서 이순으로의 기행

해 신흥 3국에 의해 끊어진 역외 영토 신세가 되었습니다. 우리로 치면 중국이나 러시아 건너 몽고나 카자흐스탄쯤에 우리 영토가 있는 모양새입니다. 러시아 입장에선 발트해의 겨울철 부동항인 칼리닌그라드를 포기할 수 없었을 것입니다. 이 모든 일은 위대한 칸트와 위대한 그의 철학과는 아무 상관없이 벌어진 일입니다. 물론 칸트는 1804년 죽었으니 이런 사실을 알 리 없습니다.

전후 쾨니히스베르크를 접수한 소련은 그 도시를 해체하는 일련의 작업들을 개시하였습니다. 군주국이었던 프로이센과 쾨니히스베르크의 흔적을 지우기 위함입니다. 칸트가 졸업했고, 교수로 재직했던 쾨니히스베르크 대학은 칼리닌그라드 대학으로 교명이 바뀌었습니다. 그리고 과거 아름답고 낭만적인 중세 도시였던 쾨니히스베르크의 유서 깊은 건축물들은 다 파괴되고 전형적인 사회주의 국가의 밋밋한 일자 도시 모습으로 바뀌어졌습니다. 사진에서 보듯 같은 곳 전혀 다른 과거와 현재의 모습입니다. 참으로 어이없고 대담한 문화 파괴주의적 작태라 할 것입니다. 당시 전쟁으로 파괴된 오늘날 상트페테르부르크인 레닌그라드의 부서진 건축물을 재건하는 데 쾨니히스베르크의 자재가 쓰였다고 합니다.

그리고 칼리닌그라드의 많은 독일인들은 독일로 그들의 거주지를 이전해야만 했습니다. 이제 그곳은 더 이상 쾨니히스베르크도 아니고 독일도 아니니 그럴 수밖에 없었을 것입니다. 지금 옛 도심에 남아 있는 쾨니히스베르크의 흔적은 대성당이 유일하다고 합니다. 그곳에 칸트

사라진 도시, 20세기 초 쾨니히스베르크 전경

가 잠들어 있습니다. 쾨니히스베르크를 살아생전 한 번도 벗어나지 않
았던 그였습니다. 사진 속 성당 주변 둑방 길이 칸트가 산책한 길이라고
합니다. 위의 옛 모습과 비교하면 산책의 대마왕인 천하의 칸트라 하더
라도 별로 산책하고 싶지 않았을 것 같습니다.

근대 철학을 대표하는 칸트는 독일인이지만 오늘날 그는 독일에선
볼 수 없습니다. 보시듯 그는 엄하게도 러시아 땅에 있습니다. 독일은
2005년 슈뢰더 총리 시절 푸틴 대통령과 협상을 통해 칸트의 동상이 있
는 그의 모교 칼리닌그라드 대학을 임마누엘 칸트 대학으로 개명하는
데 성공했습니다. 과거 쾨니히스베르크 대학의 간판 스타였던 칸트의
대학으로 교명이 바뀐 것입니다. 그런데 옛 도시명은 여전히 회복하지

지명에서 이순으로의 기행

같은 장소 다른 모습, 칼리닌그라드로 변한 옛 쾨니히스베르크

못하고 있습니다. 레닌그라드, 스탈린그라드 등 소비에트 영웅들의 이름은 도시명에서 다 사라졌는데 말입니다. 아마도 칼리닌그라드만이 러시아 땅에 독일어로 된 도시를 둘 수 없어 그대로 남아 있는 듯합니다.

제가 조금 이상하게 생각하는 것은 독일이 칸트의 유해 송환을 적극적으로 추진하지 않는다는 점입니다. 충분히 그럴 법한 사안인데 말입니다. 우리나라가 우리 땅 밖에 있는 국가 영웅들의 유해 송환에 적극적으로 노력하는 것과 같은 사안일 것입니다. 이 시점, 이런 생각이 듭니다. 살아서 한 번도 그 도시 밖으로 나간 적 없는 칸트이기에 죽어서도 그의 뜻을 존중하는 것은 아닌가 하는 생각 말입니다. 그리고 현재 독일

영토 내엔 칸트가 연고 있는 지역이 하나도 없어서 그런 것일지도 모르겠습니다. 유해를 가져와도 마땅히 안치할 자리가 없는 것이지요.

 아니면 역사에서 봐 왔듯이 호전적인 게르만 민족의 속성상 언젠가 다시 그 땅을 수복하면 된다고 생각할지도 모르겠습니다. 놔둔다고 도시와 무덤이 사라지는 것은 아니니까요. 그날이 온다면 독일인들은 오늘날 그들의 마음의 고향인 왕의 언덕 쾨니히스베르크는 물론 그들의 정신적 지주인 근대 철학의 시조 칸트까지 온전히 되찾게 되는 것일 겁니다.

양재천 칸트 동상 입구 표지석

　　　　　　　　　　　　　지명에서 이순으로의 기행

노벨상을 그녀와 바꿀 수만 있다면

"이제 일어나 가리라, 이니스프리로 가리라"로 시작하는 이 시는 학창 시절 국어 책을 통해 우리로 하여금 '윌리암 버틀러 예이츠'라는 아일랜드의 위대한 시인을 처음 알게 한 명시입니다. 이어지는 진흙, 나뭇가지, 벌새, 오두막집 등 시인이 선택한 시어들은 흡사 미국의 매사추세츠주 콩코드의 월든 호숫가에서 오두막을 짓고 살았던 헨리 데이비드 소로를 연상케 하고, 또 우리나라 정지용 님의 시 〈향수〉도 연상케 하는 고향에 대한 그리움 가득한 오브제들입니다.

그대 늙었을 때

그대 늙어 백발이 되고 잠이 많아져
난롯가에서 고개 끄덕이며 졸 때
이 책을 꺼내어 천천히 읽고
그대의 눈이 예전에 지녔던
부드러운 표정과 그 깊은 그늘을 생각해 보세요
얼마나 많은 사람들이
그대의 우아한 순간을 사랑했고

참 혹은 거짓으로
그대의 아름다움을 사랑했었나요
하지만
그대 내면에 감춰진 순례하는 영혼을 사랑하고
그대의 변해 가는 얼굴과 슬픔을 사랑한 사람은
오직 한 사람이었을 겁니다

When You Are Old

When you are old and grey and full of sleep,
And nodding by the fire, take down this book,
And slowly read, and dream of the soft look
Your eyes had once, and of their shadows deep.
How many loved your moments of glad grace,
And loved your beauty with love false or true,
But one man loved the pilgrim soul in you,
And loved the sorrows of your changing face.

* 전달력이 충분한 관계로 마지막 한 단락은 생략하였습니다.

여기 그리움을 노래한 예이츠의 시가 또 있습니다. 하지만 그 대상은

지명에서 이순으로의 기행

고향에서 여인으로 바뀌었습니다. 과연 낭만주의의 대가답게 그는 여전히 서정적이고 감미로움 가득한 무드로 본문을 이끌지만 그 이면엔 애절함과 불행 가득한 그의 자전적 스토리도 보여 주고 있습니다. 그렇습니다. 이 시는 절절한 사랑 고백이고 러브 레터입니다. 그대가 늙었을 때까지 한 평생, 긴 시간 동안 이루지 못한 사랑을 향하여 여전히 변함없는 그의 사랑을 속삭이고 있습니다. 아니 외치고 있습니다. 내 사랑은 그대뿐이라고…….

예이츠의 평생 사랑을 거절한 여자, 콧대로 치면 클레오파트라 뺨칠 것 같은 그녀는 아일랜드 민족주의자인 '모드 곤'입니다. 그녀가 변호사였던 예이츠의 아버지에게 용무가 있어 그의 집 문을 두드린 그 순간부터 그녀는 그의 일생의 뮤즈가 되었습니다. 하지만 아일랜드의 문예 부흥 운동에 앞장서 온 국민에게 추앙받는 민족 작가가 되고, 노벨상까지 수상하여 전 세계인의 마음까지 사로잡은 예이츠였지만, 정작 그는 한 명의 여자 모드 곤의 마음은 사로잡지 못했습니다. 그것도 평생에 걸쳐 위와 같은 시들을 수십여 편 바쳐 가며 대놓고 한 사랑입니다. 그녀는 과연 그녀답게 시인 대신 독립투사와 결혼을 하였습니다. 그리고 남편의 교수형을 지켜보아야만 했습니다. 세기말과 20세기 초, 어지러웠던 아일랜드 시국에서 일어난 일들입니다.

이게 웬 비극입니까? 로맨티시스트 남자와 민족주의자인 여자. 왠지 우리가 익숙하게 들어 온, 각종 문학과 예술의 소재가 되는 주인공 커플과 성별이 뒤바뀐 듯한 이 기막힌 관계는, 끝내 한 점 행복 없이 새드 엔딩으로 끝납니다. 모르지요. 예이츠에게 모드 곤 같은 뮤즈가 있었기에 그녀가 선사한 고통의 산물로 찬란한 그의 문학 세계가 펼쳐졌는지⋯⋯. 70이 넘어서까지 연애할 때마다 주옥같은 작품을 쏟아 낸 괴테를 그는 꽤나 부러워했을지도 모릅니다.

모드 곤(Maud Gonne), 1866~1953

윌리암 버틀러 예이츠(William Butler Yeats),
1865~1939

사실 그가 청혼한 여자는 한 명이 아니라 두 명입니다. 모드 곤의 남편이 죽은 후에도 그녀가 그의 청혼을 또 거절하자—대단한 모드 곤입니다. 미망인이 되어서까지—이후 그는 그녀의 양녀인 '이졸트 곤'에게도 프로포즈를 합니다. 결과는 또 거절입니다. 아⋯⋯. 위대한 예이츠! 그가 왜 그랬을까요? 그녀와 결혼하면 그녀의 엄마 모드 곤을 더 자주 볼 수 있을지 모른다는 생각이었을까요? 안타깝습니다. 이런 집착이 만들어 낸 대타 사랑이 성공한 전례는 거의 없습니다. 세기의 천재가 삐꿋거리는 순간이었을 것입니다. 운동권 여성인 모드 곤의 강한 기질을 함께 사는 딸도 물려받았나 봅니다. 하긴 예이츠의 나이 50이 넘어서 한 프로포즈이니 당시 20대 초반인 그녀의 입장에서 보면 그가 많이 늙기도 했습니다.

〈이니스프리의 호도〉는 예이츠가 20대 때 런던에서 생활하며 아일랜드의 유년기를 그리워하며 쓴 그린 시입니다. 시에서 그는 어린 시절을 보낸 외가 슬라이고 근처 호수 안에 있는 그 섬에 가고 싶다고 이야기하고 있습니다. 하지만 어쩌면 그가 그곳보다 더 가고픈 섬은 그녀 모드 곤이었을 것입니다. 그가 평생 저어도 저어도 다다르지 못한 바로 그 섬 말입니다.

오컬트적인 켈트족 고대 신앙에도 관심이 많던 예이츠 그는 결국 무녀와 결혼했습니다. 그래도 모드 곤에 대한 시는 계속되었습니다.

하늘의 융단

내게 금빛 은빛으로 수놓은
하늘의 융단이 있다면
어둠과 빛과 어스름으로 물들인

파랗고 희뿌옇고 검은 융단이 있다면
그대의 발밑에 깔아드리련만
나는 가난하여 가진 것은 오직 꿈뿐
그대 발밑에 내 꿈을 깔았으니
사뿐히 밟으소서 그대 밟는 것 내 꿈이오니

He Wishes for the Cloth of Heaven

Had I heaven's embroidered cloth,
Enwrought with golden and silver light,
The blue and the dim and the dark cloths
Of night and light and the half-light,
I would spread the cloths under your feet
But I, being poor, have only my dreams
I have spread my dreams under your feet
Tread softly because you tread on my dreams.

고흐의 황색 시대

"나보다 더 불행하게 살다 간 고흐란 사나이도 있었는데……." 가왕 조용필 씨는 그의 노래 속에서 이 세상에서 가장 불행하고 고독한 남자를 고흐로 단정하고 이렇게 표범처럼 포효하며 읊조리고 있습니다. 불행한 남자로 치면 역사상 세계 1등이 고흐이고 2등이 킬리만자로의 표범 노래 속 주인공이란 이야기입니다. 노래를 부른 가수 조용필 씨가 그렇다는 것이 아니고 이 노래 속에 등장하는 어떤 남자의 말을 글로 쓴 작사가 양인자 씨의 생각이겠죠.

참으로 가난하고 고독에 치를 떨며 살다 간 불행한 남자……. 그러나 그가 죽은 지 채 1세기도 안 되어서부터 그를 보기 위해 매해 150만 명 이상이 그의 고국 암스테르담에 있는 그의 미술관을 찾아오고, 그가 잠시라도 거주했던 곳이면 파리, 아를, 생레미, 오베르 등 그의 흔적을 보기 위해 관광객들이 관광지와는 별도로 기꺼이 발품을 팔고 있습니다. 그리고 이렇게 멀리 떨어진 극동의 아시아 끝 나라의 대중가요에도 등장하는 위대한 인물이 되었습니다. 살아서 가장 가난하고 불행했던 남자가 죽어서는 세계에서 가장 부유하고 행복한 남자가 된 것입니다.

화단에서 외면당하고, 아버지에게 장자의 자격을 박탈당하고, 화우에게 소질이 없으니 그만두라는 충고를 듣고, 동거하던 창녀에게 돈이 없다는 이유로 쫓겨나고, 작품 세계를 서로 인정했던 고갱도 떠나고, 그로 인해 광기에 휩싸여 귀를 잘라 정신 병원에 감금 조치당하고, 누가 뭐래도 유일하게 그를 인정하고 후원해 줬던 동생 테오도 가정사 때문에 떠나고—그래도 혈육인지라 그는 결국 다시 돌아왔지요—떠나고, 떠나고, 떠나고……. 유일하게 그림만이 그를 떠나지 않았기에 그럴수록 그는 그림에 집착하였을 것입니다. 그래서인가 그는 37세 짧은 인생 중 붓을 잡은 10여 년간 무려 2천여 점의 작품을 남겼습니다. 이 중 완성된 유화만 해도 900여 점에 달합니다. 이틀에 한 작품 이상 그려 댄 엄청난 노동의 다작이지요.

알려진 대로 고흐는 살아생전 딱 한 점의 그림만을 팔았습니다. 아니, 팔렸습니다. 당시 인상파 화가로 활동했던 '안나 보흐'란 여성이 1888년 사 준 것인데 400프랑을 지급했습니다. 이 돈은 당시 그의 한 달 생활비 수준의 값으로 첫 판매작 치곤 비교적 비싸게 팔린 것인데 그의 딱한 사정을 잘 아는 그녀가 도움차 후하게 지불한 것이라고 합니다. 그녀는 아를에서 알게 된 외젠 보쉬라는 친구의 누나였으니까요. 이 400프랑이 고흐가 그림으로 번 평생 수입입니다.

그래도 그림 판매에 고무가 돼서인가, 고흐는 그의 평생 도우미인 동생 테오에게 이 무렵 "지금까지 보면 판매된 예술 작품은 작가가 죽으면 작품 값이 오르더구나."라는 편지를 보냅니다. 최초이자 유일한 고흐 그림 구매자, 안나 보흐의 손을 거친 이 그림은 고흐의 사후 16년 후인 1906년, 10,000프랑에 러시아 콜렉터에게 판매됩니다. 그사이 25배가 올랐으니 고흐의 예언이 멋지게 적중했습니다(?). 이후 이 그림은 볼셰비키 혁명기에 레닌이 몰수해 그때부터 지금까지 모스크바 푸쉬킨 미술관에 전시되어 있습니다. 만약 시장에 나온다면 현재 가격은? 글쎄요, 거기에 0을 몇 개를 더 붙여야 할지…….

〈아를의 붉은 포도밭〉, 고흐, 1888

〈아를의 붉은 포도밭(Red vineyard at Arles)〉이 바로 그 작품입니다. 아를은 로마 시대 때부터 프로방스의 주요 도시로 발전해 온 매우 유서

〈밤의 카페 테라스〉, 고흐, 1888　　　　낮의 카페 테라스, 2018

깊은 도시입니다. 고흐는 파리에서 이곳으로 이주해 와 남불 프로방스 지방의 밝고 강렬한 태양 아래 펼쳐지는 많은 풍경들을 그의 화폭으로 옮겼습니다. 이 시기에 그는 〈감자 먹는 사람들〉로 대표되는 파리의 어두컴컴했던 그림과는 달리, 화사한 노란색이 주가 되는 밝디밝은 그림들을 그렸습니다. 그가 자주 가던 카페를 그린 〈밤의 카페 테라스〉, 쳐다보던 밤하늘인 〈론강 위의 별이 빛나는 밤〉, 그가 기거하던 하숙집인 〈노란 집〉, 그의 방인 〈침실〉을 비롯한 해바라기 꽃과 밀밭 평원 등 노란색이 주조를 이루는 실내외의 많은 그림들을 이때 그렸습니다. 우리가 주로 기억하는 고흐의 대표작들입니다. 피카소에게 청색 시대가 있다면 가히 이때는 고흐의 황색 시대라 할 것입니다. 고갱과의 짧으나 강렬했던 인연도 이때 이곳 아를에서 맺어집니다.

별이 빛나는 밤 아래 론강이 유유히 흐르는 아를은 지금도 강 따라 주변에 많은 유명한 와이너리가 있습니다. 지공다스, 샤또네프뒤파프 등으로 대표되는 남부 론 와인이 그것들입니다. 고흐가 그린 이 포도밭도 론 와인 생산지일 것입니다. 강렬한 태양 아래 인부들이 태양빛만큼이나 생동감 있게 열심히 일하고 있습니다.

그런데 포도나무의 색상이 제목처럼 붉습니다. 정상적이지 않은 이 색은 당시 19세기 말 유럽의 포도나무를 초토화시킨 와인의 페스트라 불리는 필록세라(Phylloxera)균에 전염되어 그런 것으로 보입니다. 빛과 광선에 상관없이 특정한 색을 지닌 사물에 대해선 일률적인 색으로만 표현했던 기존의 색상론에서 자유로운 고흐의 붓으로 칠해진 색이라 이러한 분석이 틀릴 수도 있겠지만, 당시 유럽의 포도나무가 절멸한 것은 역사적인 사실입니다. 그리고 고유 컬러의 고정관념을 깬 후기 인상파의 대가 고흐가 제목에서 보듯이 특정 사물에 굳이 Red를 특정한 것도 저의 이런 심증을 굳게 만듭니다.

이 그림이 팔리고 2년 후 고흐는 죽습니다. 권총 자살로 그의 짧은 생애 대비 많은 한을 품은 채 생을 마감한 것이지요. 천재는 인정받기 힘듭니다. 적어도 당대엔 그렇습니다. 고흐처럼 이전에 세상에 없던 새로운 걸 내놓는 사람들이니까요. 사람들은 못 보던 것이니 생경하고, 안 쓰던 것이니 불편할 수밖에 없습니다. 세상의 모든 규칙과 기준은 존재하는 것만을 위해 만들어진 것이니 새로운 것은 평가할 기준도 없고 값도 매길 수가 없습니다. 해가 뜬 하늘색은 파래야 하는데 노란색을 칠해 놨고, 밤하늘은 검은색인데 파란색, 하얀색, 노란색을 칠해 놨으니 이거 환장할 일이지요. 그래도 그런 천재가 있으니 우린 얼마나 행복합니까. 노란 낮 하늘과 파란 밤하늘도 구경할 수 있으니 말입니다. 고흐 그가 하늘을, 아니 세상을 그렇게 만들어 놓았습니다.

아를 근교 론강 유역 와이너리

플란더스의 개와 파랑새

우리가 어린 시절 만화책이나 만화 영화로 일찍이 듣고 봐 온 이 개와 새의 공통점은 무엇일까요? 벨기에……. 모두 저 멀리 유럽의 벨기에에 산입니다. 플란더스는 벨기에의 북부 플랑드르 지방의 영어 지명이고, 〈파랑새〉는 벨기에의 유명 작가인 마테를링크의 동화극이기에 그렇습니다.

20세기 아시아 먼 동방에 위치한 한반도에서 자란 어린이들이 접했던 문화 수입품들 중 유명했던 이 두 작품이 역사적으로 그렇게 인상적인 강국의 것이 아닌 벨기에와 관련이 있다고 하니 일단 그 점도 흥미롭습니다. 하지만 벨기에라는 공통점과 달리 이 두 작품은 커다란 상이점을 가지고 있습니다. 〈파랑새〉는 행복을 상징하는 파랑새를 결국은 찾는 해피엔딩이지만 《플란더스의 개》는 주인공과 주요 캐릭터들이 애처롭게 죽음으로 끝나는 새드 엔딩이기에 그렇습니다.

관련해서, 우리가 어릴 적 가장 먼저 듣는 서양화가는 누구였을까요? 피카소, 고흐였을 수도 있지만 잘 생각해 보면 '루벤스'였을지 모릅니다. 적어도 제게는 그러했습니다. 《플란더스의 개》 때문에 그렇습니다. 성장해서 비로소 제대로 알게 된 이 유명 화가 루벤스는 만화 영화 《플란더스의 개》에 실명으로 등장하는 벨기에 사람이기에 그렇습니다.

<플란더스의 개> 만화 영화 스틸 컷, 후지TV, 1975년

《플란더스의 개》의 원작은 소설입니다. 작가는 벨기에 사람이 아닌 영국의 라 라메(La Ramee)라는 여류 소설가로, 그녀는 위다(Ouida)라는 필명으로 이 책을 썼습니다. 그녀는 플랑드르 지방을 여행하며 이 동네 저 동네에서 들은 이야기들을 묶어 정리해 1872년 소설을 출간했는데 이 책이 《플란더스의 개》입니다. 설화나 구전으로 떠돌던 동네의 이야기가 유명 작품이 된 것이지요. 이렇게 설화나 구전이 유명 작품으로 재탄생한 사례는 많이 있습니다. 일단 플랑드르 옆 동네 《백설 공주》만 해도 북구에서 떠도는 이야기들을 독일의 그림 형제가 동화로 펴낸 것이니까요.

지명에서 이순으로의 기행

하지만 라 라메의 이 소설이 오늘날처럼 전 세계적으로 유명해진 것은 역시 우리도 그렇게 알게 된 것처럼 TV 만화 영화 덕이었습니다. 1970년대 일본 후지TV는 '세계 명작 극장'이라는 타이틀로 세계의 유명 동화들을 만화 영화 시리즈로 제작하여 송출하였는데 《플란더스의 개》도 그중 하나였습니다. 이렇게 만화 영화를 통해 《플란더스의 개》는 오늘날 비영어권 국가들에게까지 널리 알려지게 된 것입니다. 이 정도라면 당시 벨기에 정부가 이 만화 영화를 만든 일본의 TV 제작자에게 큰 훈장을 줘도 됐음직한 일이었다고 저는 생각합니다.

《플란더스의 개》에는 네로라는 화가 지망생인 소년 주인공과 그를 부양하는 할아버지, 그리고 제목에서 보이는 또 하나의 주인공 '파트라슈'라는 개가 등장해서 스토리를 이어 갑니다. 충견 파트라슈는 주인에게서 버려져 죽어 가던 중 네로와 할아버지가 구출하여 한 식구가 된 개입니다. 그들 가족은 파트라슈가 끄는 우유를 배달하며 가난했지만 소소한 행복 속에 살고 있었습니다. 그를 좋아하는 부잣집 딸 아로아도 그의 행복 리스트 안에 있었을 겁니다.

이런 네로는 벨기에 최고 인기 화가인 루벤스를 꿈꾸는 화가 지망생이었는데 그의 소원은 근처 도시 성당에 전시된 루벤스의 그림을 보는 것이었습니다. 그런데 그 그림은 커튼으로 가려져 있고 돈을 내야만 볼 수 있었습니다. 안타깝게도 가난했던 네로는 돈을 낼 수 없어 그 그림을 볼 수 없었습니다. 결국 불행의 여러 경로를 거친 후 죽음에 이르기 직전에야 네로는 그의 충견이자 절친인 파트라슈와 함께 그 그림을 보게

〈플란더스의 개〉 만화 영화에 같은 모습으로
등장하는 안트베르펜 성모 마리아 대성당

됩니다. 그리고 그 그림 앞에서 껴안고 얼어 죽은 둘의 모습이 발견되는 것으로 이야기는 막을 내립니다. 참으로 슬픈 결말이지요.

엄마는 네로가 애기일 때 죽고, 그를 보살피던 할아버지도 먼저 죽고, 미술 대회에선 낙선하고, 여자 친구 아로아와도 그녀 아버지의 모함으로 헤어지고, 결국 방화범으로 몰려 마을에서 쫓겨나고, 이렇게 《플란더스의 개》는 희망찬 동심이 가득해야 할 만화 영화치곤 흔치 않게 철저히 비극으로 결말을 맺습니다. 우리가 어릴 때 파트라슈를 재미 삼아 '팥들었수'라고 부르기도 했지만, 이런 개그의 소재로 삼기엔 그 슬픔의 깊이가 꽤나 깊은 《플란더스의 개》입니다.

주인공 네로가 죽는 순간까지 그렇게 보고파 했던 성당의 커튼 뒤에 가려진 루벤스의 그림 두 편, 우리는 지금 이렇게 쉽게 공짜로 볼 수 있습니다. 〈십자가에 올려지는 예수〉, 〈십자가에서 내려지는 예수〉가 바로 그것들입니다. 아래 그림의 실물은 지금도 네로가 죽었던 벨기에 플랑드르 지방의 안트베르펜 성모 마리아 대성당에서 제단화 형태로 관광객들을 맞고 있습니다. 만화 영화 영상에 나오는 성당과 같은 성당입니다. 금과 다이아몬드 시장으로 유명한 안트베르펜은 영어로 앤트워프라 불리는 도시로 올림픽이 열리기도 했던 벨기에의 대도시입니다.

그런데 이런 명작을 벨기에 사람들은 우리가 알고 평가하는 만큼 높게 생각하지는 않는다고 합니다. 본국보다는 해외에서 더 유명세를 타고 있다는 것인데요. 그중 아시아권인 우리나라, 일본, 중국인들에게 인기가

〈십자가에 올려지는 그리스도〉 루벤스, 1609~1610   〈십자가에 내려지는 그리스도〉 루벤스, 1611~1614

높아 안트베르펜 성당의 루벤스 그림 앞 관광객들도 동양인이 주류를 이
룬다고 합니다. 그러하다고 하니 저의 생각이 맞을지는 모르지만 다음과
같은 해석을 해 봅니다. 어디까지나 근거 희박한 저의 생각입니다.

　일단 그 작품의 배경은 벨기에이지만 외국인들의 손으로만 세상에 알
려지게 돼서 그런 건 아닐는지요. 영국인이 소설로 쓰고, 일본인이 만화
영화로 제작하여 세계적인 유명세를 얻었으니 드는 생각입니다. 메이
드 인 벨기에가 아니라는 것이지요. 또한 동화임에도 줄거리가 너무 슬
프고 동심에 못을 박는 나쁜 벨기에 어른들이 등장하니 그런 면에서도
떨떠름한 것은 아닌지 모르겠습니다. 아로아의 아버지와 동네 사람들

모두 네로와 파트라슈를 죽게 만드는 데 일조한 사람들입니다.

행복의 상징이 된 파랑새

그래서 그들은 오롯이 그들의 동심 명작인 〈파랑새〉를 더 높게 평가하고 더 많이 알리고파 할지 모릅니다. 틸틸과 미틸 남매의 행복 찾기 여정을 그린 동화극인 〈파랑새〉에서, 그들은 결국 여행지 어디에서도 찾지 못한 파랑새를 여행 후 돌아온 집 안의 새장 속에서 발견하게 됩니다. 행복은 멀리 있는 것이 아니라 가까운 우리 곁에 있다는 것이지요. 정통 동화스러운 완벽한 해피 엔딩입니다. 등장인물도 관객도 독자도 모두 후련하고 행복합니다. 동화극임에도 슬픔과 애처로움만 남는《플란더스의 개》와는 전적으로 다릅니다. 그로 인해 이제 파랑새는 희망과 행복의 대명사가 되었습니다. 물론 우리 곁 가까이에 있는 파랑새, 날아

가지 않도록 조심해서 다루어야겠지요. 상징주의를 대표하는 〈파랑새〉의 작가 '마테를링크'는 1911년 노벨상까지 수상하는 벨기에의 국민 작가가 됩니다.

(벨기에는 이외에도 우리가 들으면 '아하!' 하며 '그것도?' 할 만한 자산이 많은 강국입니다. 일단 초콜릿 산업의 최강국으로 초콜릿의 대명사인 고디바를 비롯하여 길리안, 노이하우스, 레오니다스 등이 벨기에 산입니다. 그리고 맥주 산업은 독일에 버금가는 강국으로 우리나라에서도 일찍부터 잘 알려진 스텔라아투아, 호가든, 듀벨, 레페 등을 비롯하여 200여 종의 브랜드를 갖고 있습니다. 또한 스머프, 탱탱 등 유명 만화 캐릭터를 보유한 만화 강국이기도 합니다. 그리고 또 맛있는 와플…….)

제인 에어 vs 버사 메이슨

Protagonist vs Antagonist

우리가 살면서 '제인 에어(Jane Eyre)'란 여성을 단 한 번도 마주치지 않기란 쉽지 않을 것입니다. 그만큼 그녀는 널리 알려진 여성으로 원작인 소설은 물론 답답한 책에서 나와 영화나 연극, 뮤지컬 등 다양한 장르와 장소에서 종횡무진 보여져서 그럴 것입니다. 아, 제가 어린 시절 그녀를 처음 만났던 만화도 있네요. 또한 누가 어디서 그녀를 만났든 그녀를 만난 후 받은 깊은 인상으로 그녀의 스토리를 기록한 독자들의 감상문인 독후감, 에세이, 평론까지 치면 우리가 그녀의 이름을 피하고 살아오기란 거의 불가능했습니다.

그리고 그녀는 위의 어떤 장르에서 등장해도, 작품의 제목은 원작 소설의 제목이자 그녀의 이름인 《제인 에어》였습니다. 혹여 기획자의 의도에 따라 다른 제목을 달 법도 한데 제인 에어는 언제나 그녀 제인 에어였습니다. 그만큼 세대를 이어져 내려오며 눈덩이 구르듯 커진 그녀의 존재감이 흥행에 가장 유리한 이름인 제인 에어로 불변 고정되었을 것입니다. 이 정도면 그녀는 그녀를 낳아 준 여성인 작가 '샬롯 브론테'에게 크게 감사해야 할 것입니다.

샬롯 브론테와 한 피를 나눈 자매임에도 동생 '에밀리 브론테'는 그녀의 대표작 제목을 캐서린으로 하지 않았습니다. 그로 인해 《제인 에어》만큼이나 우리에게 익숙한 그녀의 소설 《폭풍의 언덕》 제목은 우리가 다 기억해도 주인공 캐서린은 때론 긴가민가할 때가 있습니다. 만약 에밀리 브론테가 그 소설의 제목을 캐서린으로 지었더라면 캐서린 그녀도 제인 에어처럼 우리에게 절대로 잊히지 않는 이름이 되었을 것입니다. 물론 그렇게 작명 안 했다고 해서 폭풍의 언덕 그 작품의 가치나 평판이 감소되었다는 것은 절대 아닙니다.

'버사 메이슨(Bertha Mason)'은 누구일까요? 바로 떠올리시는 분도 계실 겁니다. 확실한 것은 제인 에어만큼은 기억되지 않는 인물입니다. 설사 제인 에어 스토리를 꿰고 계신 분이라 하더라도 버사 메이슨 그녀의 존재감은 주인공 제인 에어와 비교할 수 없습니다. 그렇습니다. 버사 메이슨은 《제인 에어》의 남자 주인공인 '로체스터 백작'의 부인입니다.

물론 독자 모두가 바라고 예상하며 기대하던 해피 엔딩으로 이어져 제인 에어는 로체스터와 결혼하게 되니, 버사 메이슨은 방화로 집을 태우고 죽은 그의 전 부인이자 첫 번째 부인으로 남게 됩니다. 그녀로 인해 제인 에어는 기록상 로체스터의 두 번째 부인이 됩니다. 버사 메이슨이 죽기 전 로체스터의 현 부인으로 불렸을 때엔 그녀는 정신병자, 미친 여자로 불리고 숨어 살아야 했습니다. 아니 갇혀 살았습니다. 소설 어디에도 그녀에게서 아름다운 손필드 대저택의 안주인이란 이미지는 찾아보기 힘듭니다. 왜냐하면 창조주인 작가 샬롯 브론테가 그녀의 역할과 운명을 그렇게 규정하고 펼쳐 나갔으니까요.

　소설 《제인 에어》에서 제인 에어는 주인공 '프로타고니스트(Protagonist)'이고, 버사 메이슨은 제인 에어의 반대편에 위치한 적대자 '안타고니스트(Antagonist)'입니다. 그 둘은 손필드 대저택 한 공간에 있으면서 또 한 명의 중요 캐릭터인 로체스터와 관계되어 있습니다. 사실 딱히 버사 메이슨이 제인 에어에게 적극적인 적대 행위를 한 것이 없음에도 그녀가 안타고니스트인 것은 그녀가 프로타고니스트 제인 에어가 사랑하는 남자 로체스터를 괴롭혀 온 존재이고, 그녀가 죽고 나서야 그와의 결혼이 가능했기에 그렇게 정의될 수밖에 없습니다.

《제인 에어》, 초판, 1847 – 커러 벨이란 필명으로 출간

만약 그녀가 그렇게 광기 어린 불에 타 죽지 않았다면 제인 에어와 로체스터 두 남녀의 관계도 어정쩡했을 것이고 소설의 결말은 꽤나 난감했을 것입니다. 하지만 이 소설은 주인공 제인 에어의 시점과 시각에서 전개될 수밖에 없는 스토리이니, 우리가 알고 있듯 해피 엔딩은 당연한 것입니다. 《제인 에어》의 주인공은 제인 에어니까요.

그런데 버사 메이슨의 시점과 시각에서 제인 에어를 바라보면 어떨까요? 그녀는 과연 태어나면서부터 정신병자였고 미쳐 있었을까요? 아쉽게도 우린 그녀의 과거에 대해 아는 정보가 없습니다. 어쩌면 작가 샬롯 브론테는 알고 있었을지도 모르겠지만 독자에겐 제대로 알려 주지 않았습니다. 왜냐하면 그녀는 버사 메이슨을 그녀의 분신일지도 모르는 제인 에어의 적대자로 설정해 놨으니까요.

10년도 더 지난 어느 날 무심코 TV 채널을 돌리다 보게 된 영화가 있었습니다. 처음엔 별생각 없이 봤는데 볼수록, 갈수록 요상하다 싶더니 결말은 《제인 에어》와 딱 맞닿았습니다. 세상에 이럴 수가……. 당시로선 꽤나 신선한 충격이었습니다. 버사 메이슨의 이야기, 그녀가 어디서 어떻게 자라고 남편인 로체스터를 만났으며 미쳐 가고 죽어 가는지를 보여 주는 영화이니 당연히 흥미로울 수밖에 없었습니다.

신기해서 찾아봤더니 원작은 《Wide Sargasso Sea》로 '드넓은 사르가소 바다'라고 번역되는 도미니카 출신의 '진 리스'라는 작가의 작품이었습니다. 놀라운 것은 문학적 평판도 꽤나 높아 버사 메이슨의 일대기를 다룬 이 소설은 타임지가 선정한 1923년부터 2010년까지의 세계 100대 베스트 영어 소설에 뽑히기도 하였습니다. 그만한 평판이 있었기에 원 제목 그대로 영화로도 제작된 것인데 이런 명작이 국내에선 〈카리브 해의 정사〉란 선정적인 제목으로 상영되었습니다. 당시 저는 중간 정도부터 봤기에 제목은 나중에 알았습니다. 버사 메이슨 역을 맡은 배우는 카리나 롬바드로, 명화 〈가을의 전설〉에서 브래드 피트의 부인으로 출연해 우리에게도 잘 알려진 배우입니다.

버사 메이슨은 이 소설에선 주인공 프로타고니스트입니다. 모든 스토리가 그녀를 중심으로 펼쳐집니다. 반면에 제인 에어는 적대자 안타고니스트일 수밖에 없습니다. 소설 《제인 에어》와는 그녀들의 입장이 완전히 뒤바뀌었습니다. 드넓은 사르가소 바다에서 제인 에어는 버사 메이슨의 바람둥이 남편인 로체스터가 어느 날 집에 데려온 젊은 여자에 불과합니다. 그녀의 출현으로 인해 그녀를 다락방에 가뒀던 로체스터에 대한 분노와 배신감이 가중되어 버사 메이슨은 결국 운명의 최종 도착지인 죽음을 택하게 됩니다.

그녀가 미친 것은 그녀의 가족력과 로체스터와의 결혼 생활에 기인합니다. 그런 그녀의 병은 로체스터와 결혼 후 고향을 떠나 생면부지인 영국에 온 그녀를 보듬지 않고 방치한 로체스터로 인해 더욱 악화되었을 것입니다. 아니면 로체스터에 의해 다락방에 갇힌 후 그녀의 병이 더 악화되었을지도 모릅니다. 소설은 손필드 대저택에서 그녀의 죽음을 암시하며 끝나므로 버사 메이슨은 제인 에어와 로체스터의 결혼까지는 알지 못합니다.

사실 원제의 'sargasso'가 해초류의 일종이라 해서 원제를 사르가소 해초가 많은 드넓은 바다로 해석하는 건 오류일 수도 있습니다. 왜냐하면 찾아보니 'Sargasso Sea'라는 고유 지명이 있기에 그렇습니다. 카리브 해 동쪽 옆 대서양 방향에 위치한 바다입니다. 특징적인 것은 그 넓은 해역에 섬이 없다고 합니다. 이것들이 암시하는 것은 버사 메이슨의 운명이 어디에도 정착할 곳 없이 질긴 해초들 사이에 얽혀 있는 배와 같다는 것일 겁니다. 더구나 사르가소 해는 버사 메이슨이 태어나고 자란 서인도 제도와 그녀가 결혼해서 살고 죽게 되는 영국의 사이에 놓여 있습니다. 그녀의 혼미한 아이덴티티를 상징하는 다분히 철학적인 제목이라 하겠습니다. 번역 소설 제목은 그렇다 쳐도, 아무리 생각해 봐도 영화 〈카리브 해의 정사〉는 나와서는 안 될 제목이었습니다.

작가 진 리스는 1847년에 출간된 《제인 에어》를 읽고 1966년에 이 책을 발표했습니다. 아마도 추측건대, 발끈해서 이 책을 썼을 것입니다. 백인 영국 사람인 작가 샬롯 브론테, 주인공 제인 에어와 로체스터에 대한 반감이 그녀로 하여금 펜을 들게 했을 것입니다. 작가 진 리스와 주인공 버사 메이슨은 둘 다 카리브 해의 서인도 제도 출신입니다. 빅토리아 여왕 재임 시기 대영제국의 깃발이 전 세계를 밟아 나간 그 시기에 로체스터는 식민지 대농장주의 딸인 버사 메이슨의 재산을 노리고 그곳에 와 그녀와 결혼하게 됩니다. 하지만 결혼 후 로체스터가 그녀를 그렇게 부당하게 대우하는 것에 대해 같은 여자로서 분노를 느껴 그 땅의

지명에서 이순으로의 기행

후손인 진 리스가 이 책을 출간했을 것입니다. 물론 당시 제국주의 영국의 식민 정책에 대한 반감도 작용했을 것입니다.

  진 리스 그녀가 그녀의 소설에서 가장 먼저 한 일은 잊힌 버사 메이슨의 본명을 찾아 주는 것이었습니다. 로체스터에 의해 바뀌었지만 그녀의 본래 이름은 '앙트와네트'였습니다. 책에서 그녀는 줄곧 이 이름으로 불립니다. 물론 로체스터도 처음엔 카리브 해에서 백인 아버지를 둔 혼혈로 태어나고 자란 이국적인 그녀를 매우 사랑했을 것입니다. 하지만 그녀의 파국 위기까지는 관리하지도 막지도 못했습니다. 그럴 의지가 있었는지도 모르겠습니다. 이렇듯 《와이드 사르가소 씨이》는 《제인 에어》에 대한 제3세계의 반란성 소설이라 할 것입니다.

《와이드 사르가소 씨이》, Norton & Co Inc, 1998

하지만 두 작품 모두 소설 속에서만 존재하는 허구의 세계입니다. 다큐멘터리 같은 논픽션이 아니라는 것입니다. 말 그대로 소설을 쓴 것이지요. 창조주인 소설가의 상상력에 기반하여 만들어진 인물들과 그가 설정한 그들의 엮인 관계로 스토리가 펼쳐지는 픽션이기에 이 두 작품을 연계하여 심하게 감정을 이입할 필요는 없을 것입니다. 누가 뭐라 해도《제인 에어》는 시공을 초월한 불멸의 문학 작품입니다. 저의 경우는 어느 날 갑자기 알게 된 흥미로운 비교 포인트가 아직까지 살아 있어 이렇게 시간을 할애하여 글을 쓰는 것이겠지요.

두 작품 모두 공통적으로 여성 작가, 여성 주인공에 기반한 페미니즘적인 요소가 크지만 다른 시점과 시각에 따라 완전히 반대로 묘사되고 평가된다는 점이 매우 흥미롭습니다. 그러므로《제인 에어》에선 천덕꾸러기인 버사 메이슨이 이렇게 다른 시각과 시점에선 주목받는 주인공이 되듯이 우리도 모두 그렇게 주인공이 될 수 있지 않을까요? 시점과 시각의 문제입니다.

격리는 왜 콰란틴 40이 되었을까?

코로나 시대를 사는 요즘, 이전엔 들은 바 없었는데 이젠 일상화된 용어가 두 개 있으니 하나는 '사회적 거리 두기(social distance)'요, 또 하나는 '자가 격리(self-quarantine)'입니다. 그중 영어로 격리 또는 검역을 뜻하는 '콰란틴(Quarantine)'은 처음 듣는 순간부터 저의 호기심을 자극하였는데 이유는 갸우뚱할 수밖에 없는 단어의 어근 때문이었습니다. 숫자 4가 바로 연상되듯이 콰란틴은 라틴어, 이태리어의 '40'이라는 숫자에서 유래합니다. 영어로는 말 그대로 'forty'이지요. 이 40이 언제, 어떻게, 왜 격리라는 뜻으로 바뀌어 통용되었을까요?

Quarantine

이) Quaranta
라) Quadraginta

역사는 동유럽 아드리아해에 접한 아름다운 나라 '크로아티아의 두브로브니크'에서 시작됩니다. 중세부터 나폴레옹이 정복하기 전까지 이곳은 라구사 공국이라 불리는 지역이었습니다. 동서 무역, 십자군 원정 등으로 외지인의 왕래가 많은 도시였죠. 동쪽에서 온 흑사병이 창궐할 때 도시는 외지인과 환자를 도시 주변에 30일간 격리하는 '트렌티노'라는 법령을 만들고 시행하였는데 이것이 나름 효과가 좋았습니다. 그래서 주변 도시와 국가들도 이를 따라서 시행하게 되었는데, 당시 해상 강국이던 베네치아는 이를 40일로 늘리고 이러한 격리를 콰란틴이라 칭하였습니다. 트렌티노가 30이니 40은 오리진을 따라 자연스레 콰란틴이 되었을 것입니다. 당시 타지에서 온 배는 베네치아 앞바다에서 40일간 정박 후 이상이 없을 시 비로소 입항이 허가되었습니다.

그런데 30일인 격리 기간이 왜 40일로 늘어났을까요? 효과가 더 좋아서 그렇게 했을 것이라고들 합니다. 하지만 제 생각엔 성경이 콰란틴에 영향을 주어서 그렇게 되지 않았을까 추론해봅니다. 당시는 워낙 기독교의 영향이 컸던 기독 문명 시대이니 종교를 통한 기적적인 치유 희망이 법령에 들어간 것으로 보입니다.

예측하셨겠지만 성경에 가장 많이 나오는 숫자, 바로 40입니다. 노아의 방주 때 세상에 내린 비가 40일, 땅이 마르는 기간도 40일, 모세와 히브리족이 출애굽해서 가나안에 도달할 때까지 40년, 그리고 여호수아의 가나안성 정탐 기간도 40일이었습니다. 예수의 광야 금식 기도 기간 40일, 그의 부활 전 40일은 사순절이라 불리고, 부활 후 40일간 그는 지상에 머물렀습니다. 그리고 성경엔 여자의 산후 조리 기간도 40일(딸 출생 시 80일)로 명시하고 있습니다. 유대인은 우리의 삼칠일보다 꽤나 기네요.

　　　　　　　　　　지명에서 이순으로의 기행

고색창연한 Holy Bible

이 정도면 전염병 콰란틴 기간 40일도 설득력이 있어 보입니다. 노아의 40 큰비 후 세상은 깨끗해졌고, 출애굽 40 후 히브리족은 자유를 얻었으며, 예수는 광야 시험 40 후 사람의 아들에서 하나님의 아들로 다시 태어났습니다. 그리고 부활, 승천으로 이어진 것도 40 이후였습니다. 그리고 여성은 산후조리 40 후 그간 출입금지 됐던 성전도 들어갈 수 있고 사회 활동도 가능해집니다.

위 사실들의 공통점은 40 고통 후 변화된 새 모습으로 이전보다 다들 좋아졌다는 것입니다. 그러면 흑사병이든 코로나든 전염병 콰란틴 40일 후는 어떻게 돼야 할까요? 역시 그렇게 되어야 하지 않을까요. 그런 인간의 소망이 담겨 격리 기간이 30일에서 성경을 따라 40일로 늘고 오늘날까지 콰란틴으로 정착된 듯싶습니다. 그러나 지금 우리를 비롯한 거의 모든 나라들은 코로나 콰란틴 기간을 14일로 하고 있습니다. 과거와 달라진 세상의 현실성을 고려해서 기간을 줄일 수밖에 없는 것이겠죠. 모쪼록 코로나 콰란틴 후 긍정적인 변화, 좋아진 새 세상을 강하게 기대해 봅니다.

지명에서 이순으로의 기행

마이센 & 드레스덴

흔히 유럽 4대 도자기 하면 영국의 '웨지우드', 덴마크의 '로열코펜하겐', 독일의 '마이센', 헝가리의 '헤렌드'를 이야기합니다. 이외에도 프랑스의 '세브르', 오스트리아의 '비엔나' 등 각 국가마다 그들만의 명품 도자기들을 가지고 있습니다. 공통점은 각 도자기의 생산 지역이 곧 그 명품의 브랜드 네임으로 불리고 있다는 사실입니다. 그것은 유럽 도자기의 기원이 바로 중국, 차이나에서 유래하기에 그런 것으로 보입니다. 처음부터 도자기를 '차이나(china)'로 불렀고, 그래서 영어 단어 도자기로까지 정착된 차이나이기에 이후 그 관습성으로 유럽의 도자기 생산지는 곧 브랜드가 된 것으로 생각됩니다. 당시 서양인들에게 차이나, 하면 도자기일 정도로 도자기에 대한 관심도와 애정은 대단했다 할 것입니다.

이러한 유럽 도자기들 중 최고를 뽑으라면 단연 독일의 마이센입니다. 서양에서 순수 서양인의 기술로 독자적으로 제조된 가장 오래된 도자기이기에 충분히 그럴 자격이 있습니다. 바꿔 말하면 마이센은 최초의 유럽 도자기입니다. '드레스덴'과 불과 20여 킬로미터 떨어진 조그만 도시 마이센에서 서양 도자기의 역사가 시작된 것입니다. 당시 작센 주의 군주로 드레스덴을 통치하던 '아우구스트 2세'는 중국에서 철저하게 제조법을 숨겨 온 도자기를 직접 만들기 위해, 그 제조법이 유사해 보이는 연금술사들을 찾아 도자기를 개발케 하였습니다. 절치부심 실패를 거듭한 끝에 이윽고 1708년, 마이센의 한 가마에서 '뵈트거'라는 장인이 도자기를 굽는 데 성공하게 됩니다. 드레스덴 근교 마이센의 토양이 중국의 그것과 비슷했기에 가능했을 것입니다. 이후 이러한 도자기 제조법은 유럽의 각 도시로 퍼져 나가, 위에 열거한 많은 팔로잉 브랜드들이 출현하게 됩니다.

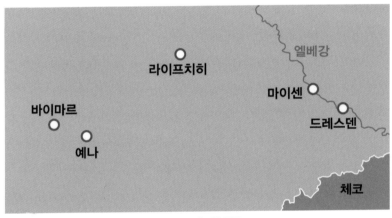

마이센, 드레스덴 지도

마이센 하면 위와 같은 이유에서 드레스덴도 항상 같이 언급되지만 드레스덴 역시 유명 도자기 브랜드로서의 영예를 누리고 있습니다. 마이센 시골에서 만들고 드레스덴 도시에서 판매하는 구조의 영향도 있지만, 드레스덴이 워낙 문화 예술적으로 영향력 있는 도시이고, 도자기의 수요 급증으로 마이센에서 나온 도공들이 드레스덴에도 많은 자기

지명에서 이순으로의 기행

공방을 개업함에 따라 본연의 오리지널리티가 모호해져서 그런 일이 생기게 된 것으로 보입니다. 이렇듯 마이센과 드레스덴은 태생부터 불가분한 관계로 실제 전문가들도 구분하기 힘들며 때론 같은 이름으로 부르기도 합니다.

위에 언급한 영국의 웨지우드는 유럽 도자기 중 태생이 근본적으로 다릅니다. 일단 브랜드 네임부터가 지역명이 아닌 설립자의 이름을 따랐습니다. 보시듯 통상적인 상품의 네이밍 방법을 따른 것이지요. 마이센과는 달리 중국 차이나의 제조법을 따르지 않고 새로운 방법으로 제조해서 그렇습니다. 바로 '본(bone)차이나'입니다. 차이나는 차이나인데 소뼈 가루를 넣어 본차이나가 되었습니다. 이렇게 했더니 기존 자기보다 가볍고 견고해 본차이나는 독자적인 카테고리로 정착되었습니다. 과연 불굴의 영국인입니다.

하지만 역사는 제로썸 게임이라 승자가 있으면 그 승자에게 재물을 바치는 패자가 있을 수밖에 없습니다. 엉뚱하게도 본차이나 개발로 인해 이후 대서양 건너 북미 대륙의 들소 버펄로들이 떼죽음을 당하게 됩니다. 왕족과 귀족의 취향을 맞추기 위해 많은 소뼈 가루가 필요했기 때문입니다. 아울러 그 버펄로를 주식으로 해서 사는 북미의 인디언들은 식량난을 겪게 됩니다. 중국에서 시작한 도자기 효과가 유럽을 거쳐 아메리카에까지 이르게 된 것입니다.

본차이나 계열로는 역시 영국의 '로열덜튼'이 있습니다. 아, 덴마크의

'로열코펜하겐'도 본차이나가 주종이지요. 근세 이후 유명세를 탄 일본의 유명 도자기인 '노리다케'도……. 노리다케는 나고야의 지역명입니다. 이렇게 보니 전통의 명품 도자기 중 지역 명을 택하지 않는 브랜드는 영국의 자기들뿐이네요. 과연 이번에도 특이한 영국입니다. 역사적으로 유럽에 속하면서도 유럽 대륙의 다른 국가들과는 다르게 그들만의 독자적인 노선을 취해 오고 있는 영국의 차고 넘치는 사례에 도자기를 추가해도 될 것입니다.

전시된 마이센 도자기

13세기 말 마르코 폴로가 동방을 다녀간 이후 비단길이 열리면서 중국의 여러 상품들이 유럽으로 흘러들어 갔는데 그중 유럽의 왕족과 귀족들이 가장 감탄하고 선호한 것은 바로 차와 도자기였습니다. 사실은 차가 먼저라 할 수 있겠습니다. 오죽하면 영국엔 티타임이라는 말과 풍습이 생길 정도였으니까요. 오늘도 우린 홍차는 입에도 안 대면서 티타

지명에서 이순으로의 기행

임을 가지자고 이야기하고 있습니다. 풍속이 만들어 낸 대단한 언어 지배력이지요. 도자기는 이 차를 따라 마시는 집기로서 차와 함께 곁다리로 유럽에 따라간 것이었습니다. 그런데 이 포트와 찻잔에도 유럽인들이 반하기 시작한 것입니다. 그중 특히 백자, 백자 중에서도 코발트 기운이 감도는 청화백자는 거의 대저택 값과 맞먹을 정도로 비쌌고 금보다도 귀해 하얀 금이라고도 불렸습니다.

이렇게 유럽에서 중국의 도자기와 차 인기가 절정에 달한 18세기 당시 중국은 청 왕조였는데 이때 세계 무역의 거래 화폐는 은이었습니다. 그렇다 보니 남미 대륙 식민지에서 착취한 유럽의 은이 청나라로 대거 흘러들어 가 심각한 무역 역조 현상이 생겼습니다. 남미에서 유럽을 거쳐 아시아로, 위의 버펄로 사례처럼 도자기 하나가 또 이렇게 5대양 6대륙을 흔들었던 것입니다. 청나라 전성시대인 강희제, 옹정제, 건륭제 시기엔 영토만 넓어진 것만이 아니라 차와 도자기 수출로 은 보유고가 최고조에 달해 국가의 부도 매우 커진 시기였습니다. 유럽인으로선 참으로 배 아픈 일이었겠지요.

이러한 분위기 속에 서양은 마이센을 기점으로 도자기 자체 개발에 성공한 것입니다. 이질적이었던 동서 문명의 차이를 평등화한 대단한 사건입니다. 아울러 차는 '로버트 포춘'이라는 영국의 한 식물학자가 청나라로부터 몰래 종자를 훔쳐 당시 영국의 식민지였던 인도 북부와 실론섬(스리랑카)에서 재배에 성공하게 됩니다. 훨씬 이전 우리의 조상인 고려 말 사신 문익점이 원나라에서 목화씨를 붓두껍에 넣고 훔쳐 온 것과 똑같은 초식입니다. 아무튼 이제 비로소 유럽인들은 더 이상 중국에 비싼 은을 주고 차와 도자기를 수입하지 않아도 되는 시대를 맞이하게 됩니다.

다시 드레스덴으로 돌아옵니다. 도시 드레스덴은 독일의 피렌체라 불릴 정도로 아름다운 곳으로 히틀러도 가장 사랑한 도시였습니다. 그런 미운털로 2차 세계 대전에서 가장 많은 연합군의 폭격을 받은 도시이기도 합니다. 일찍이 문화 예술이 융성하였는데 자기 공예도 그러한 측면의 일환으로 이곳에서 발전했을 것입니다. 물론 위에서 설명 드린 강성 왕이라 불리는 아우구스트 2세의 강한 성격이 만들어 낸 결과이기도 합니다.

마이센으로 대표되는 유럽 자기 공예의 특징은 차이나와는 달리 매우 화려하다는 것입니다. 차이나가 단아하고 절제된 선 굵은 바로크라 하면 마이센과 드레스덴은 섬세하고 화려한 로코코 양식으로 만들어졌습니다. 당시 상류 사회의 취향이 그대로 공예에 반영된 것이겠지요. 또한 이러한 자기들은 인형 공예뿐만이 아니라 주방 집기나 생활용품에까지 왕족과 귀족들의 사치스러운 생활 전반을 망라하는 모든 용품으로 광범위하게 제작되었습니다. 요즘 같은 형태의 화장·실 변기가 그때도 사용됐더라면 그것도 틀림없이 마이센이나 드레스덴 목록에 포함되었을 것입니다.

드레스덴 꽃마차

 엉뚱하게 이런 생각을 해 봅니다. 마르코폴로의 동방 여행 종착지가 중국 원나라가 아니고 우리나라였다면, 그리고 그가 당시 고려자기를 보고 반해서 이것을 서양에 소개했다면 오늘날 도자기는 차이나가 아니고 '코리아(korea)'로 불렸을 수도 있지 않을까 하는 생각입니다. 도자기 하면 한가락 했던 세계 최고 수준의 우리 조상님들이니 꼭 불가능한 일도 아닐 것입니다. 그러니 임진왜란 후 많은 도자기 장인들을 일본에 뺏긴 것 아니겠습니까? 조선 침략 전 벌써 유럽 문물을 접했던 그들이기에, 그들은 이미 도자기의 세계적 가치를 알고 있었을 것입니다.

 당연히 마이센과 드레스덴의 가격은 비쌀 수밖에 없습니다. 타일이나 사기가 아닌 완성된 도자기이니 말입니다. 현지 박물관에 전시된 고풍스런 자기들은 수천만 원을 호가하고 억대를 넘어가기도 하니 그들 후손이 만든 벤츠 자동차에 버금가는 고가입니다. 사진의 벽화는 드레스덴 도시의 상징물인 〈군주들의 행렬〉 부조입니다. 드레스덴 자기 공법과 똑같이 만들어진 것으로 그 길이가 101미터나 된다니 놀랍기만 합니다. 101미터짜리 도자기……. 도자기라서 세계 대전의 그 엄혹한 폭격에도 이 작품은 살아남았을 것입니다. 그 뜨거운 불가마 속에서 고열의 불을 오래오래 견뎌 내고 탄생했으니 말입니다.

〈군주들의 행렬〉, 드레스덴

지명에서 이순으로의 기행

안티르네상스, 허영의 소각

얼마 전 우리 국민의 총격 사건에 화장이냐 소각이냐 하는 논란이 있었습니다. 물론 아직도 끝난 논란은 아닙니다. 소각은 불에 태워 없애는 것이고 화장은 장례의 한 형식이니 물리적 현상은 같을지라도 의미와 해석은 매우 다를 것입니다. 소각은 모든 것을 흔적도 없이 말끔히 없애는 것이나 화장은 육체를 불로 정화해 깨끗해진 영혼은 남기는 것이므로 당연히 논란이 될 수밖에 없습니다.

화형도 있습니다. 바디뿐만이 아닌 소울까지 없애려 한다는 측면에서 방법은 화장과 비슷하나 의미는 소각과 유사하다 할 것입니다. 중세에 마녀사냥 시, 마녀 입증을 위해 고문은 다양하게 가하지만 처형식만큼은 화형으로 동일하게 집행한 것은 그러한 맥락일 것입니다. 영혼까지 싹!

소각과 화형에 사람이 모여지면 쇼적인 의미가 더해지면서 주최 측이 전달하고자 하는 선언적 메시지는 강해집니다. 이른바 스펙터클 효과입니다. 마녀 화형식은 요즘 교수형과는 달리 다수의 군중이 모인 곳에서 집행되었습니다. 그것도 모두가 잘 보이게 단을 높게 쌓아서……. 역사적으로 유명한 소각도 마찬가지입니다. 진시황이 행한 분서갱유

역시 아방궁 안의 만조백관과 학자들이 그 장면을 지켜보았을 것입니다. 삼성전자가 과거 행했던 500억 원대 불량 휴대폰 소각 장면은 당시 공장 운동장에 모인 2천여 명의 임직원은 물론 TV 뉴스를 통해 전 국민이 보았습니다.

1497년 어느 날 르네상스의 도시 피렌체에선 역사적인 소각식이 행해지고 있었습니다. 이름하여 '허영의 소각'. 허영을 불에 태워 없애려, 도시의 시민들이 모인 가운데 이러한 의식이 집행된 것입니다. 이 행사의 기획 연출자는 '지롤라모 사보나롤라'. 그는 피렌체의 산 마르코 수도원장이었습니다. 당시 그는 메디치 가문을 몰락케 하는 데 일조한 그 도시의 지도자였습니다. 위대한 자라 불리는 로렌초 메디치 사후 피렌체는 이렇게 일순 기독교 지도자가 다스리는 신정 도시 국가로 변모해 있었습니다.

허영은 태울 수 있는 물품이 아니니 대신 그것을 상징하는 귀족과 부자들의 사치품, 예술품, 서적, 화장품, 의상, 오락물 등이 불에 타 없어졌습니다. 사보나롤라 입장에선 모두가 신성을 위반하고 방해하는 물품들일 것입니다. 허영이 태워진 도시에 남은 건 억제된 금욕과 검약한 청빈이었을 것입니다. 그것은 근세를 연 르네상스의 인간 중심에서 다시 신 중심의 중세로의 귀환을 의미합니다. 당시 유럽에서 가장 화려했던 꽃의 도시 피렌체가 이렇게 침묵하는 암흑의 도시로 바뀌게 된 것입니다. 허영의 소각, 그것은 르네상스를 소각하는 안티르네상스의 의식이었습니다.

허영의 소각, 1497

　1492년, 로렌초 메디치의 죽음이 이러한 과거로의 전환을 불러왔습니다. 그의 후계자 피에로가 아버지만 못해서 그런 것도 있겠지만 사실이러한 비극 아닌 비극은 로렌초 본인이 불러온 측면도 있습니다. 왜냐하면 피렌체에 적응 못해 도시를 떠났던 '사보나롤라'를 다시 불러들여

산 마르코 수도원장으로 앉힌 이가 바로 로렌초, 그였기 때문입니다. 메디치 입장에선 사람을 잘못 쓴 것이지요.

그 이전 1478년 부활절, 파치가(家)의 음모 사건이 실패한 후 로렌초는 더욱 막강해졌습니다. 사랑하는 동생 줄리아노를 잃은 그의 복수극으로, 피렌체에서 유일한 경쟁자 파치가가 멸문지화를 당했으니 그건 자연스러운 일일 것입니다. 이제 그가 가는 길은 공화국 피렌체에서 군주의 길로 바뀌게 됩니다. 파치가와 손잡았던 교황 식스투스 4세와 조카인 리아리오가 나폴리 등 주변 세력을 규합해 여전히 그를 호시탐탐 노리니 생존을 위해서라도 그는 그렇게 세게 갈 수밖에 없었을 것입니다.

위기 타개를 위해 그는 국가 비상사태를 명분으로 시뇨리아 의회를 해산하고 그의 밑에 10인 위원회를 설치해 피렌체를 완벽히 장악합니다. 다수의 협치가 아닌 독단적, 중앙집권적 통치 시대가 된 것입니다. 결국 그를 위협했던 교황 세력은 제거되고, 이후 그는 항구적인 평화를 위해 주변의 막강 도시 국가인 베네치아, 밀라노, 나폴리 등과 상호 불가침 평화 조약을 맺어 피렌체는 물론 이탈리아 반도의 평화 시대를 열어 갑니다. 당연히 그 중심엔 로렌초 메디치의 피렌체가 있었습니다. 아니, 피렌체의 로렌초 메디치가 있었습니다.

하지만 적은 내부에 있었습니다. 그가 임명한 산 마르코 수도원장 사보나롤라, 그의 눈엔 이런 로렌초가 탐탁지 않았습니다. 명분은 피렌체를 위해서라지만 정치적 이익을 위해 권모술수가 날뛰고 그 안에 필연적으로 피어나는 부패와 도덕적 해이 등을 그는 볼 수가 없었던 것입니다. 그는 군중들 앞에서 르네상스의 예술가와 학자들을 적극 후원하고, 비싼 건축물과 정원을 조성하며, 화려한 생활을 하는 메디치가(家)와 귀족들에게 날 선 비판을 가하기 시작합니다. 그 돈으로 가난한 자들을 먹여 살리라고 그리고 회개하라고……. 그의 눈엔 당시 부강한 꽃의 도시 피렌체가 멸망 전 소돔과 고모라처럼 보였을 것입니다.

로렌초 메디치(Lorenzo de Medici), 1449~1492

지롤라모 사보나롤라(Girolamo Savonarola), 1452~1498

　사실 민초들에게 부자들의 전유물인 예술과 부는 아무 상관이 없을 것입니다. 이에 많은 사람들이 사보나롤라의 설교에 감화되어 그를 따르는데 그 수가 점점 불어나 로렌초가 통제하기 힘든 상황까지 이릅니다. 설상가상으로 로렌초는 가족력인 통풍으로 43세인 이른 나이에 유명을 달리하는데, 이로써 도시의 권력은 사보나롤라와 그의 추종자들에게 넘어갑니다. 그들을 막기에 아들 피에로 메디치는 많이 유약했습니다. 사보나롤라는 로렌초의 권력 기관인 10인 위원회를 해체하고 평민으로 구성된 평의회를 구성해 피렌체를 이끌게 됩니다.

　그 후 피렌체는 달라졌습니다. 르네상스의 활기찬 기운은 사라지고

　지명에서 이순으로의 기행

기독교적인 도덕과 규율이 지배하는 도시가 된 것입니다. 사보나롤라는 피렌체를 신의 도시, 새로운 예루살렘으로 만들고 싶어 했습니다. 이때 이 틈을 노린 당시 유럽 최강 프랑스의 '샤를 8세'가 피렌체를 침공합니다. 그 결과 강력한 군주가 부재한 피렌체는 프랑스의 지배하에 놓이게 되고 사보나롤라는 괴뢰 정부의 수반으로 전락하게 됩니다. 로렌초메디치가 생전 애써 만들어 놓은 도시 간 평화 협정은 깨졌고 경제, 군사, 외교, 문화, 예술적으로 강했던 피렌체의 모습은 온데간데없어졌습니다.

이런 시기에 사보나롤라는 피렌체 시민을 모아 놓고 허영의 소각 의식을 실행한 것입니다. 이제 대다수 시민들은 점점 더 강도가 세지는 그의 도덕과 금욕 정책에 무료해하고 지루해하며 옛 시대를 그리워하기 시작했습니다. 부강하고 힘 있던 메디치 시대가 살 만했다고 느꼈던 것입니다. 축제와 예술, 진귀한 것, 승전보 등 볼거리, 들을 거리가 넘쳤던 바로 그 시대 말입니다.

이래서 정치는 어렵습니다. 군중은 입에 달고, 코에 향기롭고, 귀를 간질이는 새로운 것에 혹하지만 그것의 유통 기한이 끝나면 또 새 것이나 반대급부적인 옛 것을 그리워하기 때문입니다. 허영의 소각 20여 년 후인 1516년, 영국의 토머스 모어는 이상적인 국가는 세상 어디에도 없다는 뜻의 《유토피아》를 출간하게 됩니다. 세상에 모두를 만족시키는 완벽한 것은 없다는 것이지요.

결국 사보나롤라는 1498년, 반대파에 의해 처형당하게 됩니다. 그는 당시 정치 권력자와 함께 세속화된 교황청도 계속해서 비판해 왔기에 교황의 눈 밖에 난 그의 종교 재판은 형식적으로 치러졌을 것입니다. 이단으로 사형 언도, 그리고 선택된 처형 방법은 화형이었습니다. 피렌체에서 그의 흔적은 물론 영혼까지 완전히 지우기 위해 그렇게 했을 것입니다. 1년 전 그가 주도했던 허영의 소각처럼……..

땅은 갖은 악으로 억압받아
멍에를 스스로 벗어 버릴 수 없고
바닥으로 추락한 세상의 우두머리 로마
결코 위대한 직분으로 돌아갈 수 없네.

- 사보나롤라의 저서 《세계의 몰락》에서

지명에서 이순으로의 기행

사보나롤라 화형식, 1498

헬렌 vs 페넬로페

《일리아드》와 《오디세이》 사이에는 '트로이 전쟁'의 종전이 있습니다. 기원전 13세기 인류 최초 세계 대전인 트로이 전쟁의 개전부터 종전까지의 10년 중 마지막 10년 차 51일의 기록이 《일리아드》이고, 종전 후 한 전쟁 영웅의 귀향길을 다룬 또 다른 10년의 기록 중 일부가 《오디세이》입니다. 둘 다 모두 24권의 서사시로 눈먼 현자 호머가 저술한 것으로 알려진 인류의 귀한 고전입니다.

《일리아드》는 당시 트로이의 그리스식 이름인 일리오스에서 따 왔고 《오디세이》는 전쟁에 참전한 이타카의 왕 이름으로 영어로는 우리에게 익숙한 율리시스입니다. 그래서 《오디세이》의 주인공은 당연히 오디세이 본인이지만 《일리아드》의 주인공은 많은 그리스와 트로이의 전쟁 영웅 중 최고 활약을 펼친 '아킬레스'라 할 수 있습니다. 《일리아드》의 주요 내용이 아킬레스가 그리스 연합군 총사령관인 미케네의 왕 아가멤논과 여자 포로 문제로 갈등을 겪고 전쟁에서 빠져 있다가, 그의 4촌 동생의 죽음으로 다시 참전하여 동생을 죽인 트로이 왕자 '헥토르'를 결투에서 살해하는 것이기 때문입니다.

지명에서 이순으로의 기행

고대 그리스 이타카, 트로이 지도

　남자 주인공이 그 둘이라면 여자 주인공은 바로 제목의 두 여인입니다. 《일리아드》엔 스파르타의 왕비 '헬렌(Hellen)'이 있고 《오디세이》엔 이타카의 왕비 '페넬로페(Penelope)'가 있습니다. 그런데 이 두 왕비의 삶은 《일리아드》와 《오디세이》 스토리만큼이나 참으로 다르게 펼쳐집니다.

　헬렌은 당시 자타공인 그리스의 최고 미녀입니다. 그녀의 미모는 올림포스 산상에 사는 여신들도 인정할 정도이니 당시로선 세계 최고의 미녀라 할 수 있겠습니다. 그런 그녀의 미모 때문에 트로이 전쟁도 발발한 것이지요. 그녀는 트로이의 젊고 잘생긴 왕자 '파리스'와 눈이 맞아 야반도주하여 트로이로 새 시집을 가게 됩니다. 당시 그녀는 딸이 있었고 파리스도 유부남이었으니 전형적인 불륜이라 할 수 있겠습니다. 파리스의 심판으로 헤라, 아테나와 여신 간 미모 경쟁에서 승리한 아프로디테의 개입이 있었다곤 하지만 헬렌은 유부남과 눈이 맞아 남편도 자식도 조국도 모두 버렸습니다. 그것도 고귀한 왕비의 신분으로 말입니다.

〈헬렌〉, 단테 가브리엘 로제티, 1863

트로이 전쟁 중 파리스는 독화살을 맞아 죽게 되는데 헬렌은 이후 파리스의 동생인 '데이포보스' 왕자와 또 결혼식을 올립니다. 또한 그리스 첩자 역할을 하여 트로이의 운명을 좌우할 신상을 적국인 그리스 편에 넘기기도 합니다. 마침내 트로이 성이 함락될 때 첫 남편인 스파르타 왕

메넬라오스와 현 남편인 트로이의 왕자 데이포보스가 결투를 하였는데, 헬렌은 첫 남편을 도와 세 번째 남편을 죽이는 데 일조합니다. 결투 중인 현 남편을 뒤에서 화병으로 내려친 것입니다. 그렇게 그녀는 다시 첫 남편의 품에 안기게 되고 그와 함께 고국 스파르타로 돌아가게 됩니다. 모두 전쟁 기간인 10년 안에 있었던 일입니다.

〈페넬로페〉, 샌프란시스코 박물관

페넬로페는 남편 오디세이가 10년의 지루한 전쟁을 끝내는 트로이 목마 아이디어를 내서 승전에 결정적으로 기여했다 하니 더없이 기쁜 마음으로 그를 기다렸을 것입니다. 에게해를 사이에 두고 현재 터키 지역인 트로이에서 그리스 이타카까지는 당시 선박 기술로도 3일이면 도착할 수 있는 가까운 거리였습니다. 그런데 기다려도 기다려도 오디세이는 오지 않았습니다. 해신 포세이돈의 아들인 외눈박이 거인을 장님으로 만든 죄로 저주를 받아 그는 바다 이곳저곳을 헤매며 갖은 모험 속에 빠져 있었기 때문입니다. 그렇게 속절없이 또 10년이 흘러갔습니다.

이때 이타카에선 오디세이 왕이 죽었다 생각하고 아름다운 왕비 페넬로페에게 청혼하는 구혼자들이 넘쳐 나기 시작했는데 그 수가 무려 108명이나 되었습니다. 그들은 왕궁에 진을 치고 그녀에게 결혼할 것을 종용하였습니다. 그러함에도 그녀는 남편의 귀국을 믿고 갖은 꾀를 내어 그들의 요구를 밀쳐 내며 결혼을 연기시켰습니다. 마침내 고국에 도착한 오디세이는 아들 텔레마커스와 함께 그들 모두를 물리치고 사랑하는 아내 페넬로페와 반갑게 만나게 됩니다. 무려 20년 만의 재회입니다. 사실 오디세이의 귀국길에는 키르케, 칼립소, 나우시카 등 그와 함께 살자는 아름다운 요정과 공주들이 많았음에도 그 역시 아내에 대한 사랑으로 그들을 물리치고 그녀에게 온 것이었습니다. 부부는 일심동체라더니 그들은 외압과 유혹에 흔들리지 않는 강한 사랑의 힘으로 이렇게 다시 하나가 되었습니다.

이렇듯 여자 주인공 헬렌과 페넬로페의 인생은 판이하게 전개됩니다. 한 명은 절세의 미모로 인해 여러 남자와 다양한 운명을 겪지만 또 한 명의 미녀는 유교 국가에서나 볼 법한 절개와 정절로 한 남자와 한 운명으로 끝까지 엮입니다. 트로이를 지도상에서 사라지게 한 헬렌은 어찌보면 팜므파탈이라 할 수 있겠으나 대개의 팜므파탈과는 달리 그녀는 말년 운도 좋아 고국 스파르타에서 원 남편과 끝까지 행복하게 잘 살았습니다. 미모도 통상의 미모를 뛰어넘는 최상위 레벨이면 미인박명을 피해 가나 봅니다.

《일리아드》의 시작에 한 여자가 있었고 《오디세이》의 끝에 또 한 여자가 있었습니다. 세상을 뒤흔든 큰 전쟁의 시작이 한 여자로 인해 일어났고 그 전쟁을 끝낸 한 영웅의 필사적인 귀향을 가능케 한 것도 또한 한 여자였습니다. 과연 세상을 움직이는 것은 남자지만 그 남자를 움직이는 것은 여자라더니 그 진리 아닌 진리가 이렇게 인류 첫 문학 유산인 《일리아드》,《오디세이》에서부터 입증되고 있습니다.

에게해를 끼고 동시대를 살았던 헬렌과 페넬로페가 죽은 지 3천여 년이 지난 후대에, 음악가 폴모리아는 한 여인을 선택해 그녀만큼이나 아름다운 곡을 썼습니다. 자유분방한 프랑스인임에도 그가 선택한 여인은 페넬로페였습니다. 그리고 그는 그녀를 '에게해의 진주'라 칭하였습니다. 경음악이라 불렸던 시대에 그녀만큼이나 한 시대를 풍미한 폴모리아 악단의 아름다운 곡이었습니다. 아, 물론 지금 들어도 그렇습니다.

(본문 중 헬렌을 언급한 내용은 브래드 피트가 주인공 아킬레스로 등장하는 영화 〈트로이〉와 다른 부분이 있습니다. 이것이 원전 스토리이고 영화는 일부 각색을 했습니다.)

원조 코로나

개기일식 때 태양을 완벽하게 가린 검은 달 주변으로 뻗어 나가는 가려진 태양의 발광 외연……. 태양의 대기권인 그 모습이 왕관을 닮아서 '코로나(Corona)'라 불립니다. 고교 시절 과학 시간에 잠깐 스쳐 갔던 그것이 요즘 전 세계 어딜 가도 존재하는 코로나의 원조입니다. 이 왕관을 머리에 처음 쓰는 날을 대관식(Coronation)이라 부르죠. 이렇게 참으로 아름답고 영화로운 단어임에도 지금은 세계적인 질병 재난을 가리키고 있습니다. 하긴 어렸을 때 들어 본 태풍의 이름들 또한 얼마나 아름다운 소녀들을 연상하게 했습니까! 사라, 노라, 앨리스, 셀마…….

코로나는 태양의 강렬함으로 인해 육안으로는 관찰할 수 없습니다. 그저 과거엔 개기일식 때에나 운 좋게 볼 수 있었습니다. 하지만 400여 년 전 갈릴레이가 망원경을 발명한 이래로 수세기에 걸친 발달을 통해, 지금은 태양 망원경으로 평소에도 볼 수 있게 되었습니다. 물론 한낮에 말입니다.

사실 인간이 태양계 여러 행성 중 지구에서 이렇게 따스하고 포근하게 살 수 있는 것은 바로 코로나 덕일 것입니다. 태양의 온도라 해 봤자 고작(?) 섭씨 6천여 도밖에 안 되니 이 멀리 떨어진 지구까지 제대로 오

개기일식 때 육안으로 관찰되는 코로나 이미지

겠습니까? 그런데 태양의 대기권 코로나의 온도는 무려 1백만 도에 이른다 하니 차가운 지구를 덥히는 보일러 역할을 하기에 충분할 것입니다. 태양의 자기장과 태양풍의 영향으로, 코로나의 온도가 이례적으로 태양 중심보다 훨씬 더 높은 것이라고 합니다. 왕관 모양뿐 아니라 이러한 발열성이 있어 지금 유행하는 코로나도 코로나인 것일 수 있겠습니다.

　일찍이 고대 그리스인 중 몸에 새 깃털로 짠 날개를 달고 태양을 향해 하늘로 날아오른 무모하지만 도전적인 인간이 있었습니다. 결국 그는 태양에 가까워지면서 몸과 날개를 연결한 밀랍이 녹으면서 추락하여 죽음에 이르렀습니다. 조금이라도 더 태양에 다다르고픈 그의 욕망이 그를 그렇게 만들었을 것입니다. '이카로스'의 날개이고 추락입니다. 인간의 욕심이나 욕망이 지나치면 이렇게 파국에 이른다는 것을 보여 주는 신화입니다. 흔히 잘 나갈 때 조심해야 한다는 말은 이를 두고 하는 말일 것입니다. 상승하는 어느 시점의 'Go or Stop'을 잘 판단해야 한다는 것이지요. 이카로스 그는 태양열로 추락했다지만 엄밀히 얘기해서 그를 죽음에 이르게 한 열은 태양보다 뜨거운 그것의 외부 코로나의 열이었습니다. 아, 물론 코로나도 태양열이긴 하지요.

〈이카로스의 추락〉, 루벤스, 1636

지명에서 이순으로의 기행

그가 죽은 후 약 3천 년이 지나 인류는 다시 한 번 태양의 비밀을 파헤치기 위해 태양을 향해 날아올랐습니다. 2018년, 미 항공 우주국에서 인류 최초 태양 탐사선인 '파커(Parker)호'를 띄운 것입니다. 그리고 이미 몇 건의 성공적인 분석 자료를 받아 보고 있습니다. 파커호를 통해 우주 태양계의 에너지원인 태양과 그에 속한 코로나, 흑점, 홍염, 태양풍 등 많은 비밀들이 계속해서 파헤쳐질 것입니다. 이렇게 우리는 지금 태양에 다가가는 것이 더 이상 무모하지 않은 신화 이상의 세계에 살고 있습니다.

잉글리시 호른, 그 묘한 이름

35km의 좁은 도버 해협을 사이에 두고 마주 보고 있는 영국과 프랑스 두 나라는 우방 국가이면서도 예로부터 유럽 영향력의 헤게모니를 놓치지 않기 위해 때론 적대적으로 보이지 않는 긴장 관계를 유지해 오고 있습니다. 역사적으로 백년전쟁에서는 구국의 영웅 오를레앙의 잔다르크가 선봉에 선 프랑스가 영국을 물리쳤으며 이후 나폴레옹 전쟁에서는 넬슨 제독을 앞세운 영국이 트라팔가 해전에서의 승리로 프랑스를 물리쳤습니다. 아마도 그 두 나라가 하나의 세계 속에 있었던 때는 브리타니아, 갈리아란 이름의 속주로 로마의 지배를 받았던 그 옛날 뿐일 것입니다. 최근 영국이 대륙의 유럽과 경제 독립을 선언한 '브렉시트'를 최종 결정한 것도 이런 프랑스와 동등한 입장에서 위치하는 것이 싫은 자존심도 작용했을 것입니다. 아, 오늘날 영국과 그런 나라는 독일도 있네요. 두 차례의 세계 대전 시 영국과 맞서며 유럽의 강자로 올라선 나라이니까요.

눈에 보이는 세상의 모든 것에는 이름이 있고 그 이름에는 유래가 있습니다. 이것은 공기와 같이 눈에 안 보이는 것도 마찬가지입니다. 유래라는 것은 그것을 있게 한 뿌리이자 원인일 것입니다. 그러한 것의 결과로 이름이 지어지는 것이겠지요. 그러므로 이러한 인과 관계로 탄생한 이름은 그것을 가장 충실히 설명해야 하며 기호학적으로도 가장 잘 상징해야 할 것입니다. 우리나라 사람들의 이름만 보더라도 가계를 나타내는 성이 있으며 이름 안에도 돌림자가 있어 그 이름의 정체성을 더욱 분명히 하고 있습니다. 러시아인의 경우는 이름 안에 아버지 이름까지 들어가 있어 그 사람 이름만 들어도 그의 아버지가 누구인지 모두가 안다고 합니다.

오늘날 마케팅에서 상품의 이름은 그 중요도가 더욱 증대되고 있습니다. 마케팅의 주류가 브랜드로 자리 잡은 지 오래된 상황에서, 브랜드의 모든 것이 함축된 '브랜드 네임(brand name)'은 그것의 결정판이기에 그럴 것입니다. 따지고 보면 마케팅이라는 것은 그 브랜드에게 힘을 불어넣는 모든 행위와 노력인데 이름은 가히 그 선봉에 있다 하겠습니다. 그래서 그 이름의 유래는 때론 마케팅상의 브랜드 스토리로 팬시하게 포장되어 그 브랜드의 가망 고객들에게 강한 구매 충동을 느끼게 만듭니다. 브랜드 하이어라키의 최상위에 있는 명품의 경우 브랜드 스토리가 없는 브랜드는 없다고 단언해도 틀린 말은 아닐 것입니다.

좀 많이 나간 인트로가 되어 버렸네요. 사실 제가 어렸을 때부터 가장 호기심을 가진 악기 이야기를 하려 하는데 그 호기심의 근원이 그 악기 이름이기에 이렇게 장황한 서두를 쓰고 말았습니다. 제목에서 보이는 '잉글리시 호른'이 바로 그것입니다. 호른은 호른인데 호른같이 안 생긴 악기, 잉글리시라고 하는데 영국과는 아무 상관없는 참으로 이상한 악기이기에 그렇습니다. 만약 이 악기의 정보를 모르는 누군가가 이 악기를 주문해 배달을 받는다면 즉시 반품할지도 모를 이상한 악기가 바로 잉글리시 호른일 것입니다. 악기 자체는 이상한 것이 전혀 없는데 이름과 매칭이 안 돼서 그렇습니다.

금관악기 프렌치 호른

저는 음악 전문가도 아니고 악기 전문가는 더욱 아니기에 음악적 지식은 짧을 수밖에 없습니다. 어디까지나 저의 역사적 호기심 관점에서 비음악적 부분을 주로 이야기하고자 합니다. 먼저 '호른은 호른인데 호른같이 안 생긴 악기' 부분입니다. 그렇습니다. 우리가 아는 호른은 금관으로 돌돌 말아 감은 듯한 모양새로 달팽이나 나팔꽃처럼 생긴 정통 금관 악기(brass instrument)입니다. 단어로서의 호른(horn)은 동물의 뿔로 과거엔 신호용 뿔 나팔로 사용되었는데 악기 호른의 이름은 이것에서 온 것입니다. 소리도 그렇고 곡선으로 굽은 동물의 뿔 나팔은 악기 호른과 생김새도 유사하니 이름의 유래로서는 전혀 문제가 없어 보입니다. 고대나 중세 전쟁 시 망루 위 병사가 적들이 침입할 때 불어 대던 그 뿔 나팔입니다. 또한 이 뿔 나팔은 왕이나 귀족이 사냥 시 사냥감을 몰 때도 유용하게 사용되곤 했습니다. 이 뿔 나팔이 근대적 악기로 발전을 거듭한 결과 우리도 잘 아는 유명 클래식 작곡가들의 사랑을 받게 되어 오케스트라의 귀중한 자리를 차지하게 된 것입니다.

그런데 통상 호른으로 불리는 이 금관 악기의 풀 네임은 '프렌치 호른(French horn)'입니다. 아래에 말씀드릴 잉글리시 호른(English horn)도 묘하지만 프렌치 호른도 묘하긴 마찬가지입니다. 그래도 프렌치 호른은 잉글리시 호른의 묘함엔 대적할 수 없습니다.

프렌치 호른의 묘함은 '프렌치'에 있습니다. 프랑스식 호른이니 호른의 악기 역사에 프랑스가 무언가 대단한 기여를 했을 법한데 그런 사실을 발견하기 힘들어서 그렇습니다. 오히려 자연의 뿔 나팔에서 브라스 재질의 밸브나 피스톤이 없는 원전 악기 호른을 거쳐 오늘날 우리가 감상하는 완벽한 호른까지 오는 데에는 독일의 공로가 절대적이었습니다. 그런데도 호른은 도이치 호른이라 불리지 않고 프렌치 호른이라 불립니다. 기껏 찾아본 자료에서는 프랑스가 사냥 용도의 호른을 연주용

궁정 악기로 편입시키는 데 많은 노력을 기울여 그렇게 불리는 것으로 보인다고 하는데 영 미덥지가 않습니다. 제 생각엔 먼저 찜한 사람이 임자라고 프랑스가 가장 먼저 프렌치 호른이라 우겨 불러서 오늘날까지 내려오게 된 게 정설 아닌 정설이 아닌가 싶습니다.

그런데 이 호른은 참으로 오묘한 악기입니다. 생김새도 그렇고 연주자의 연주 모습도 특이합니다. 또한 입술이 접촉하는 마우스피스 부분이 가늘고 구멍도 작아 소리 내기가 금관 악기 중 가장 어렵다는 평을 듣습니다. 음정도 워낙 섬세해 밸브나 피스톤이 못 잡는 미세한 차이는 나팔 출구(bell)를 연주자의 손으로 막아 조절합니다. 그렇지만 당시의 천재 작곡가들은 이 악기를 너무 사랑했습니다. 호른 연주 파트가 안 들어간 곡이 없을 정도로 호른 주자들은 늘 바빴습니다. 전 그 이유가 호른의 독특한 음색에 있다고 생각합니다. 흡사 몽실몽실한 구름이나 솜사탕이 바람에 밀려, 가는 관을 통과하며 탄탄해져서 뿜어져 나오는 그 부드러운 소리……. 그러니 작곡가들이 호른을 가만히 쉬게 할 수 없었습니다. 그리고 보니 이러한 까탈스러움에 섬세함, 부드러움을 갖춘 귀족적 면모는 독일인보다는 프랑스인이 훨씬 어울리는 듯합니다. 그래서 프렌치 호른이기도 한가 봅니다.

잉글리시 호른은 이름만 보면 도무지 호른이라 연상할 수 없는 진정으로 묘한 악기입니다. 일단 뿔 나팔이 업그레이드를 거쳐 완성된 프렌치 호른과는 달리 1720년 독일에서 만들어진 신생 악기입니다. 첫 번째 묘함이라 함은 호른과의 연계성입니다. 프렌치 호른이 먼저 태어났으니 잉글리시 호른은 동생으로서 그 호른 패밀리의 유사성이나 DNA가 있어야 하는데 닮은 점이 하나도 없다는 것입니다. 일단 금관 악기의 반대편에 있는 목관 악기(woodwind instrument)이니 그 한 가지 사실만으로도 혈통을 더 따져 볼 일이 없다 하겠습니다.

목관악기 잉글리시 호른

잉글리시 호른은 목관 악기 중 최고의 귀족, 오보에의 동생으로 태어났습니다. 실제 외모는 비슷하나 키가 더 크고 몸집도 더 있으니 오보에

보단 저음의 악기입니다. 같은 목관 악기인 플루트, 피콜로와 같은 유사성입니다. 같은 계보로 잉글리시 호른 밑으로는 더 낮은 소리를 내는 바순이 있습니다. 클라리넷과도 닮아 보이나 클라리넷은 색소폰처럼 마우스피스에 나무 재질인 갈대 리드(reed)가 하나인 반면에, 잉글리시 호른은 리드 두 개를 위아래로 붙여 그 사이 구멍으로 입바람을 넣어 소리를 내는 겹리드 구조의 악기입니다. 오보에와 바순도 같은 방식의 겹리드로 소리를 내므로 이 세 악기는 같은 패밀리라 할 수 있겠습니다. 이 겹리드 패밀리는 갈대가 바람에 소리를 내듯 지중해산 갈대로 만든 리드와 리드 사이로 바람을 불어 소리를 내므로 마우스피스에 금속이나 합성 물질이 개입된 다른 목관 악기들보다 소리가 더 섬세하고 부드러울 수밖에 없습니다.

왜 영국식 호른일까요? 난망한 문제입니다. 프렌치 호른은 이름에 외모를 연상할 수 있는 호른이라도 있지만 잉글리시 호른에는 위에서 본 외모처럼 그것을 연상할 조각이 하나도 없기에 그렇습니다. 이 또한 자료를 찾아 찾아 확인한 결과 왠지 또 미덥지 않은 유래가 잡힙니다. 또 독일이 등장하는데요. 초기형 이 악기를 발명해 제작한 독일인들은 이 악기가 중세 성화에 등장하는 천사들의 나팔과 닮아 '천사의 나팔(Engellishes horn=Angelic horn)'이라 불렀습니다. 그런데 이 천사, 'Engellishes'라는 말은 당시 독일의 지방 토착어로 'English'를 뜻하기도 해서 잉글랜드 나팔로 잘못 전해지게 된 것입니다. 그것이 지금까지 그대로 내려와 오늘날 우리도 그렇게 부르는 잉글리시 호른이 된 것입니다. 결과적으로 영국은 이 악기의 개발과 발전에 하나도 기여한 것 없

　　　　　　　　　　　지명에서 이순으로의 기행

이, 말 그대로 아무 상관도 없는데 이 위대한 악기의 이름을 날로 먹게
된 것입니다.

〈최후의 심판〉, 나팔 부는 천사 부분, 미켈란젤로

이렇게 다소 늦게 데뷔한 잉글리시 호른은 오보에보다 풍부하고 구슬
픈 소리로 서서히 작곡가들의 관심을 받게 됩니다. 그런데 워낙 독특한
음색을 내는지라 출연 빈도는 그렇게 많지 않은 악기로 자리매김되었
습니다. 그래도 작곡가 입장에서 잉글리시 호른의 소리가 필요한 특별
한 부분에서는 이 악기를 여지없이 등장시켜 그 독특한 음색을 뽐내게
하고 있습니다. 오케스트라의 많은 서양 악기 중 가장 동양적인 소리를

내는 악기가 바로 이 악기가 아닌가 싶습니다. 흡사 우리나라 국악의 나발 저음과 유사한 톤으로 제 귀엔 들립니다. 출연 기회가 적다 보니 잉글리시 호른은 통상 주법이 비슷한 오보에 2주자가 연주를 하곤 하는데 이는 피콜로를 플루트 주자가 연주하는 것과 같은 맥락입니다.

이렇게 태생부터 특이한 잉글리시 호른을 월드 스타로 만들어 준 작곡자는 〈신세계 교향곡(From The New World)〉으로 유명한 '드보르작'입니다. 이 교향곡 2악장에서 잉글리시 호른이 메인 멜로디를 솔로로 치고 나갑니다. 드보르작이 뉴욕에서 머물 때 고향 체코를 그리워하며 작곡한 곡으로 알려진 이 곡은 학창 시절 음악 교과서에도 실려 우리에게도 너무나 익숙한 곡입니다. 드보르작은 향수를 불러일으키는 그 분위기에 가장 적합한 악기를 고심하다가 잉글리시 호른을 낙점해 그 중책을 맡겼을 것입니다. 결과는 대박. 그래서 너무 알려진 까닭에 이후 이 교향곡은 반드시 잉글리시 호른이 있어야 연주가 가능해졌습니다. 희소성이 있는 악기다 보니, 그 연주자가 부재할 경우 2악장 〈라르고〉를 클라리넷 등으로 대신 연주한다든가 하면 이미 귀에 익숙해진 제 맛이 안 난다는 것이지요. 그래서 이 곡은 잉글리시 호른 연주자를 먹여 살려 주는 대표곡이 되었습니다.

묘하게도 영국, 프랑스 이 두 나라는 딱히 한 일도 없이 잉글리시 호른과 프렌치 호른, 이 매력적인 악기들의 이름을 점유하게 되었습니다. 인류가 존재하는 한, 음악이 사라지지 않는 한 영원히 존재할 이름입니다. 과연 유럽의 쌍벽이라더니 그래서 이런 생각지 않은 고귀한 예술적

지적물을 보너스로 수확하기도 했나 봅니다. 침략 전쟁을 치른 것도 아니고 법적 송사도 없이 거의 거저주웠으니 말입니다. 반면에 독일은 이 두 악기에 모두 관여되어 있었습니다. 오늘날 우리가 알고 있고 감상하는 프렌치 호른을 오랜 시간에 걸쳐 완성했고, 잉글리시 호른은 세계 최초로 제작까지 한 오리지널 국가로 말입니다. 그러나 아쉽게도 이 두 악기 이름에서 독일의 존재감은 찾아볼 수 없습니다. 음악사적이나 음악적으로는 영국이나 프랑스보다 훨씬 무공이 강한 음악 선진국인데 말입니다. 이름만큼이나 이 또한 묘한 아이러니입니다.

나의 이야기
>
남의 이야기

마르쿠스 아우렐리우스 황제의 실물 영접

우리가 자라면서 일찍이 귀에 익숙한 로마의 황제들이 있습니다. 영어로 줄리어스 시이저인 '율리우스 카이사르'와 존엄한 자 아우구스투스라 칭하는 '옥타비아누스'가 있고 폭군으로 이름값을 올린 '네로'가 있으며 늑대 젖을 먹고 자란 건국 시조 '로물로스', 그리고 기독교와 관련해서 신앙의 자유를 공인한 '콘스탄티누스'와 국교로 선포한 '데오도시우스' 황제 등이 있습니다. 이들 정도가 학창 시절 교과서에 등장했던 로마의 일인자들입니다.

그런데 이들과는 인지의 원천이 전혀 다른 또 한 명의 황제가 있는데 그는 특이하게도 그 이름이 역사책이 아니라 국어책에서 발견되기에 그렇습니다. 바로 제목에 보이는 '마르쿠스 아우렐리우스 황제'입니다. 긴 이름에도 불구하고 이름이 입에 착 붙는 이 황제는 견인주의 또는 금욕주의라 불리는 스토아 철학파의 다섯 황제인 오현제의 마지막 황제로 서기 161년에서 180년까지 로마를 통치했습니다.

기억을 되살려 보면 고교 국어 책에 우리나라 1세대 수필가인 이양하 님이 쓴 《페이터의 산문》이라는 글에, 이 황제의 이름과 함께 그가 쓴 수필 《명상록(Meditations)》이 소개됩니다. 사실 이양하 님의 이 수

지명에서 이순으로의 기행

필은 창작물이라기보다 거의 대부분 황제의 명상록 중 주요 내용을 발췌해 번역했다고 보시면 됩니다. 그런데 원전을 바로 번역한 것이 아니라 이양하 님 이전에 이 명상록에 먼저 감명을 받은 영국의 심미 비평가 월터 페이터가 쓴 《쾌락주의자 마리우스》라는 글에 등장하는 명상록의 내용을 번역해 옮긴 것입니다. 그래서 수필의 제목이 마르쿠스 아우렐리우스의 명상록 어쩌고가 아닌 《페이터의 산문》이 된 것입니다.

그러니까 2세기에 로마 황제 마르쿠스 아우렐리우스가 쓴 수필 《명상록》은 19세기 서구 영국의 월터 페이터를 거쳐 20세기 우리나라의 이양하 님에 의해 교과서에 실려 우리가 그 생소한 황제와 글을 알게 된 것입니다. 참으로 긴 시간, 먼 거리를 달려 오늘날 우리에게 왔습니다. 그만큼 시대 불문, 장소 불문 위대한 글이기에 동서양의 작가들이 서로 자기의 이름을 걸고 이 책, 이 글을 인용하고 소개했을 것입니다.

《명상록》, 범우사, 2020년

《명상록》은 마르쿠스 아우렐리우스 황제가 20년 재위 기간 중 틈틈이 기록한 그의 사색이자 철학의 결과물입니다. 내용 중 세상만사는 각자 생각하기 나름이라는 동서고금을 대표하는 이 금언이 거의 주제처럼 가장 많이 알려진 위대한 고전입니다. 이렇게만 보면 황제는 마치 우리의 세종대왕처럼 왕궁의 도서실에서 조용히 철학을 연구하고 글만을 썼을 것 같은데 실제 그의 인생은 전혀 그렇지 못했습니다. 재위 기간 내내 이민족 간 국경 전쟁으로 제국 변방을 떠돌아 실제 로마에 머문 기간은 5년여에 불과했습니다. 그리고 통치 기간 중 기아, 홍수, 질병 등 재난이 끊이지 않아 단 하루도 편안할 날이 없는 힘든 시간을 보냈습니다. 그의 운명이 그래선가, 죽음까지도 편안한 로마의 황궁이 아닌 변방 야전에서 맞이하였습니다.

어느 날, 저는 학교 졸업 후 까마득히 잊고 있었던 이 철인 황제를 뜻하지 않게 만나게 됩니다. 아무 정보 없이 보던 어떤 개봉 영화에서 갑자기 그의 이름이 들린 것이었습니다. 〈글래디에이터〉……. 아, 이 인생 영화 도입부에 그가 짠하고 등장한 것입니다. 아니 이 분이 바로 그분? 영화관이라 아무 소리를 내지는 못했지만 내 머릿속에선 그렇게 외치고 있었습니다. 근데 이 영화 속 황제의 용모와 느낌이 딱 국어 책의 그분 같았습니다. 선한 인상과 인자한 목소리……. 마르쿠스 아우렐리우스 황제의 현생입니다. 황제를 연기한 배우 리처드 해리스는 개봉 2년 후 그 황제처럼 사망했습니다. 호그와트 마법 학교의 덤블도어 교장으로 출연한 〈해리 포터와 비밀의 방〉 개봉을 몇 주 앞둔 2002년의 일이었습니다.

영화와 역사는 다릅니다. 황제는 〈글래디에이터〉 영화에서처럼 아들 '코모도스'에게 암살당하지 않았습니다. 사인은 병사입니다. 그의 임종을 낭만파 화가 '들라크르와'가 그렸는데, 아래 그의 작품 안 오른쪽에 서 있는 붉은 옷의 키 큰 남자가 바로 아들 코모도스입니다. 이 그림의 제목이 〈마르쿠스 아우렐리우스의 유언〉인데 삐딱한 자세로 서 있는 것으로 보아 부자간 사이는 영화처럼 좋지 않았던 게 정설인 것 같습니다. 황제가 죽은 곳은 게르만족과의 전투지로 북동 국경 라인인 도나우 강의 로마 최북단 군사 기지 '빈도보나' 근처로 알려져 있습니다. 빈도보나는 오늘날 오스트리아의 수도 빈입니다.

〈마르쿠스 아우렐리우스의 유언〉, 들라크루와, 1844

러셀 크로우가 맡은 주인공 '막시무스' 장군은 동명의 인물은 있으나 역할로 보면 실존하지 않는 가공의 인물입니다. 일단 영화에서 그가 황제의 유언으로 내내 떠받드는 공화제는 당시 상황상 허구일 수밖에 없습니다. 제정을 시작한 아우구스투스 황제부터 200여 년 가까이 잘 이어 온 제정 로마를 별 이유 없이 공화제로 되돌린다는 것은 좀 뜬금없어 보이기까지 합니다. 그 아우구스투스부터 마르쿠스 아우렐리우스까지의 200여 년은 팍스 로마나로 불릴 정도로 로마 최고의 번영기였는데 굳이 제정을 끊을 이유와 동기가 없다는 것입니다. 〈글래디에이터〉를 연출한 리들리 스콧 감독의 공회주의 정치 철학이 개입되었다고밖에 볼 수 없습니다.

호아킨 피닉스가 연기한 코모도스는 아버지를 이어 무난히 황제에 오르고 로마를 다스립니다. 영화에서처럼 그는 실제 검투사로 많은 경기에 출연을 합니다. 그가 무예를 좋아하기도 했지만 인기를 위해 서커스 정치를 한 것입니다. 그러나 측근에게 암살을 당하는 비운의 종말을 맞이합니다. 그가 선대 황제들처럼 좋은 정치 철학을 가지고 로마를 잘 다스렸다면 후대의 사가들은 그때를 오현제가 아닌 육현제의 시대라 불렀을지도 모릅니다.

마르쿠스 아우렐리우스 황제의 동상은 로마 시내 '카피톨리노 광장'에 기마상으로 전시되어 있습니다. 아직까지도 말에서 내려오지 못하고 로마를 지키고 있는 것입니다. 플라톤이 가장 이상적인 국가는 철인이 다스리는 국가라 하였는데 바로 그 철인은 2천여 년이 지난 지금도 여전히 그 이상을 위해 고단한 그의 여정을 달려가고 있습니다.

사람은 나뭇잎과도 흡사한 것
가을바람이 땅에 낡은 잎을 뿌리면
봄은 다시 새로운 잎으로 숲을 덮는다

- 《명상록》 본문 중에서

마르쿠스 아우렐리우스 기마상, 로마 카피톨리노 광장(진품은 미술관 안에 전시)

지명에서 이순으로의 기행

Picture of the Moon

　정월 대보름 아침, 어젯밤 오곡밥 좀 드셨는지요? 어릴 땐 엄마의 성화에 못 이겨 오곡에 버금가는 나물 반찬 가득한 밥상을 여러 차례 어젯밤에 받곤 했습니다. 엄마는 연신 상을 내오시며 밥을 아홉 번 먹는 날이라고 하셨습니다. 이와 같이 1년 중 명절, 생일 등 몇 번은 과하다 싶을 정도로 평소와는 다른 넘치는 밥상을 받곤 했던 우리의 어린 시절이었습니다. 잘살지 못하고, 음식이 귀했기에 식탁의 균형이 맞지 않을 수밖에 없던 그때 그 시절이었습니다. 수출 100억 불, 국민소득 1,000불 달성을 국가 경제 목표로 하던 시대의 이야기입니다.

　'어린이날'도 그런 특별한 날 중 하나였지요. 평소 갖고 싶은 물건을 힘 안 들이고 아무 조건 없이 정당하게 얻을 수 있는 의미 있는 날이었습니다. 하지만 지금은 딱히 특별하게 그럴 이유가 없는 날이 되었지요. 우리 아이들이 1년 365일 어느 날이든 갖고 싶은 건 다 요구할 수 있고 얻을 수 있는 풍요의 시대가 되었으니 말입니다. 소파 방정환 선생이 100여 년 전 이 땅에 '어린이'란 없던 말을 새로 만들고 어린이날을 제정했던 그 시절과는 판이하게 다른 21세기 대한민국입니다. 그분의 바람대로 어린이의 지위와 중요도는 커졌으며, 또한 그것이 일상화된 시대가 되었습니다. 5월 5일, "오늘은 어린이날 우리들 세상"이 아닌 1년

365일이 어린이날인 세상이 되었습니다.

그래서 이제 어린이날은 굳이 휴일로 둘 필요가 없을지도 모릅니다. 같은 의미의 이유라면 그 휴일을 3일 후 어버이날로 옮겨야 할 타당성이 더 커졌습니다. 대부분 가족들이 핵가족화 시대로 옛날과는 달리 부모님과 떨어져 사니 그날 하루만이라도 온전히 부모님을 찾아뵐 수 있게 하기 위함입니다. 그렇지만 어린이날을 휴일에서 빼자고 그 누군가 주장하긴 쉽지 않을 것입니다. 주장하기엔 위험 부담이 큰 금기 사항 같은 것이니까요. 그리고 어버이날을 추가로 휴일로 지정하자고 주장하기에도 부담이 클 것입니다. 주 5일제 근무 이후 가뜩이나 지금도 휴일이 많다고 하니 말입니다.

전 그래도 어린이날 휴일 폐지, 어버이날 휴일 지정을 주장합니다. 고령화 시대로 가는 작금에, 아니 이미 고령화 사회가 된 지금 연로하신 부모님들이 하루라도 덜 외로운 날을 보내실 수 있게 말입니다. 그리고 충분히 그럴 자격이 있으신 우리 부모님들이십니다. 오늘 아침도 통화 중에 어젯밤 오곡밥 챙겨 먹었냐고 묻는 엄마입니다. 그리고 주말에 와서 당신이 만들어놓은 무채와 시래기나물을 갖고 가라고 성화십니다. 하긴 엄마 눈엔 50대의 이 아들도 슬하의 어린이로 보일 것입니다.

지명에서 이순으로의 기행

양재천의 정월 대보름달

"달 달 무슨 달 쟁반 같이 둥근달
어디 어디 떴나 남산 위에 떴지"

오늘 밤엔 남산뿐이 아닌 동산, 서산, 북산 등 이 동네 저 동네 모든 산 위에 보름달이 뜰 것입니다. 대보름이기에 그냥 보름달이 아닌 쟁반 같이 둥근 달입니다. 새벽엔 부럼을 깨서 먹었고 낮엔 겨우내 즐기며 날렸던 연을 날리며 일부러 줄을 끊어 연과 함께 새해의 액운도 하늘 저 멀리 미리 날려 버렸습니다. 그리고 밤엔 훤한 대보름 아래에서 논둑이나 밭둑을 태우며 그 불을 깡통에 담아 빙빙 돌리며 보름달 마냥 둥근 원을 그려 대는 쥐불놀이를 하며 놀았습니다. 대학 가요제에서 옥슨 80 밴드가 "야! 불이 춤춘다… 우리 소원 빌어봐" 하며 불러댔던 〈불놀이야〉 노래의 그 불놀이입니다. 새해 농사를 시작하기 전 풍년을 기원하던 놀이였습니다. 이런 놀이들은 제가 어렸을 때만 해도 모두가 즐겼던 세시 풍속이었지만 지금은 몇몇 지자체의 민속 행사로 거행되는 특별한 이벤트가 되었습니다.

예로부터 달은 예술가들에게 영감을 주어 예술의 장르를 막론하고 달과 관련한 많은 명작을 탄생시켰습니다. 특히 그 달이 꽉 차올라 둥근 보름달이 될 때엔 그들의 기운도 덩달아 차오른 듯합니다. 예술가의 가슴에 뜨는 달과 자연의 하늘에 뜨는 달, 이 두 개의 둥근 원이 드디어 하나로 딱 맞게 포개질 때 아티스트의 야상은 최고조에 달해 과연 멋진 걸작이 탄생하곤 했을 것입니다.

지명에서 이순으로의 기행

그러나 풍요의 여신인 아르테미스의 달이건만 그 달은 대개 슬프고 쓸쓸하게 노래되고 그려지곤 했습니다. 달이 음기를 상징해서 그랬을까요? 베토벤의 〈월광〉, 드뷔시의 〈달빛〉 등 언뜻 떠오르는 달을 주제로 한 명곡들만 봐도 그러합니다. 금토끼 옥토끼 이야기로 한결같이 밝게 묘사되던 어린 시절 우리네 동요와 동화 속에 등장하던 달과는 차이가 있습니다. 위에서 얘기한 정월 대보름달 아래에서 축제성 놀이를 즐겼던 우리 세시풍속 분위기와도 사뭇 다릅니다. 그리고 이태백이 놀던 동정호의 달이든 정철이 관동별곡에서 노래한 경포호의 달을 보더라도 풍류와 해학이 어린 동양의 달은 서양의 달과는 정서가 달라 보입니다.

이런 달에 대한 서정성 가득한 팝송 중 제가 가장 좋아하는 곡은 2011년 타계한 기타리스트 게리 무어의 〈Picture of the Moon〉입니다. 이 곡은 그의 대다수 곡들이 그러하듯 템포 느린 블루스 풍으로 가듯, 멈추듯, 가듯 전개됩니다. 마치 하늘 위 달이 멈춘 것 같지만 어느 순간 다시 보면 움직여 있듯이 천천히 둥실둥실, 노래는 그렇게 그의 기타와 함께 흘러 흘러 떠서 갑니다.

〈Back to the Blues〉,
Gary Moore, 2003

그렇지만 그가 기타 현을 뜯을 때마다 뚝뚝 묻어 튀어나오는 소리는 남의 애를 끊을 듯 절절하기만 합니다. 중간부 기타 솔로가 고음으로 치달을 때에는 하늘 위 달도 그에 맞춰 더 높이 높이 솟아 올라가는 것만 같습니다. 게리 무어라는 한 시대를 풍미한 아티스트라 그게 가능한 것이겠지요. 듣다 보면 그가 울고, 그의 기타도 울고, 종국에는 하늘에 떠있는 달까지 우는 듯합니다. Moon Elegy….

〈Reflections on the Thames, Westminster〉, 1880

달 하니까 떠오르는 그림도 있습니다. 바로 '존 앳킨슨 그림쇼'라는 빅토리아 시대의 영국 화가입니다. 하도 달을 많이 그려 대어 달빛 화가라 불리는 미술사의 거장입니다. 그의 그림들은 말 그대로 'picture of the moon'입니다. 그림 저 멀리 빅벤 시계가 보이는 걸 보니 지금 이 달은 런던 테임즈강 위에 떠 있습니다. 당최 그의 그림에선 푸른 녹음과 밝은 빛을 찾아볼 수 없습니다. 봄여름가을은 쉬고 겨울에만, 그것도 낮엔 쉬고 밤에만 그림을 그렸나 봅니다. 다른 그림도 추워 보이는 겨울 앙상

지명에서 이순으로의 기행

한 마른 가지 위 잿빛 하늘에 희미한 달 하나 덩그렁 매달려 있습니다. 그가 살았던 산업화 초기에 지치고 찌든 도시의 모습을 어슴푸레 밝히는 그런 달일 것입니다.

정월 대보름이라 시작한 달 이야기는 저 하늘에서 제 마음으로 내려와 게리 무어의 노래와 그림쇼의 그림까지 움직여 갔습니다. 동그란 달이 굴렁쇠처럼 떼구루루 굴러가듯 말입니다. 사랑이 끝나고 난 뒤 텅 빈 하늘에 달만이 덩그러니 남아 있는 밤, 남겨진 나 홀로 쓸쓸하고 처연하기 그지없는 밤일 것입니다.

〈A Wintry Moon〉, 1886

"I was left with a picture of the moon.

All that's left is a picture of the moon."

어쩌면 게리 무어의 〈picture of the moon〉은 그림쇼의 그림 속에 떠 있는 바로 그 달일지도 모르겠습니다. 물론 오늘 밤 뜨는 쟁반같이 둥근 우리의 달은 그런 그들의 달과는 다를 것입니다.

Happy the First Full Moon!

지명에서 이순으로의 기행

사막의 여우 영웅 롬멜

개봉을 기다렸던 영화였는데 코로나에 용해돼 소리 소문도 없이 사라지고 저도 잊고 있었는데 어젯밤 TV VOD 목록에서 발견하고 바로 감상에 들어갔습니다. 울리히 터커라는 독일 배우가 '롬멜' 역을 맡은 2012년 독일 영화로 국내 상영 제목은 〈롬멜, 사막의 여우〉입니다. 이번 롬멜에서는 사막의 여우 시절은 나오지 않습니다. 그 이후 2차 세계 대전 분수령인 노르망디 상륙 작전과 연계된 서유럽 전투 지휘관 시절부터 사망까지인 그의 말년 영웅기가 보입니다. 포 쏘고 총 쏘고 기총도 난사하지만 영화는 전쟁 영화답지 않게 묘사된 그의 품성마냥 조곤조곤 조용하게 흘러갑니다. 물론 그의 상관인 히틀러 총통도 등장합니다.

사막의 여우는 북아프리카 사막 지역에서 신출귀몰했던 그의 전투 능력에서 기인한 그의 별명이자 이름만큼 유명해진 불멸의 훈장입니다. 그곳에서의 혁혁한 전공으로 그는 독일군 역사상 최연소로 원수에 오릅니다. 처칠마저 존경해 마지않던 적장, 연합군의 유럽 상륙 지역을 칼레가 아닌 노르망디로 예측한 예지적 군사 전문가, 일촉즉발의 서부 전선 전쟁터에서도 부인의 생일 축하를 위해 독일 먼 집까지 부리나케 다녀왔던 로맨티스트, 넘사벽 상관인 히틀러의 명에 반대 의견을 내고 나치에 대해 회의적인 식견을 가진 착한 독일군, 결국 그는 히틀러 암살

미수 사건에 연루되어 히틀러가 내리는 독약을 마시고 죽게 됩니다.

에르빈 롬멜(Erwin Rommel), 1891~1944

그를 아꼈던 히틀러의 입장에선 읍참마속의 심경으로 그를 베었을 것입니다. 그도 그러한 것이 그의 명예가 훼손되지 않게 하기 위해 그의 죽음을 자살로 포장하고 국장을 치러 줬으며 남겨진 그의 가족에겐 연금까지 받게 해 줬으니 말입니다. 히틀러와 독일을 위해 그가 이룬 무공이 찬란하기도 했지만, '발키리 작전'—동명 제목으로 톰 크루즈가 주연으로 나온 영화도 있지요—이라 불리는 히틀러 암살 사건에 그가 인지는 했을지언정 가담하지 않은 것도 고려되었을 것입니다.

저는 롬멜의 이름을 초등학교 때 엉뚱한 곳에서 듣게 됩니다. 그리고 그때 그 롬멜을 너무나 갖고 싶어 했습니다. 사람이 아니라 탱크 롬멜입니다. 우리 때 사내애들이 자라면서 갖고 노는 장난감 중에 조립식 장난감이라 불리는 것들이 있었습니다. 요즘은 프라모델이라 불리우지요. 그런데 고학년으로 올라가면서부터는 움직이는 장난감에 흥미를 갖게 됩니다. 건전지를 넣은 리모콘을 통해 조립품에 내장된 모터를 작동해 움직이는 구조의 장난감들입니다.

롬멜 조립식 장난감 탱크 패키지

그중 사내랍시고 탱크는 최고의 장난감이었습니다. 당시 그것들을 판매하는 업체는 합동과학과 아카데미가 양대 산맥이었습니다. 학교 앞 문방구 창유리 안쪽으로 빼곡히 들어선 탱크 박스들이 밖에 선 사내

애들을 유혹했습니다. 그러나 그 가격이 만만치 않아 대부분은 헛발을 돌리기 일쑤였습니다. 엄마랑 내기해서 시험이라도 잘 치면 포상금을 타서, 또는 명절에 가욋돈이라도 생기면 평소 찍어 놓은 그것들을 사러 달려갔습니다. 그 박스를 풀어 그것을 조립하고 완성해서 움직일 때의 쾌감이란…….

1970년대 롬멜 조립식 장남감 탱크 신문 광고

그중 가장 비싼 게 '롬멜 탱크'였습니다. 박스도 제일 컸고 화려했습니다. 제 기억이 맞다면 경쟁사 아카데미에서도 합동과학의 이 럭셔리급 롬멜 탱크에 대응해 미국의 패튼 장군의 이름을 딴 패튼 대전차를 발매했으나 인기는 롬멜 만큼 끌지는 못했던 것으로 기억됩니다. 아무튼 당시 보통 장난감 탱크들은 전·후진만 작동되는데 롬멜은 좌우 움직임도 가능하다고 했습니다. 건전지도 2개가 아니고 4개, 모터도 하나가 아니고 2개인 탱크의 끝판왕……. 아쉽게도 저는 끝내 롬멜 박스를 풀지는 못했습니다. 1970년대 중반의 먼 이야기입니다.

지명에서 이순으로의 기행

여전히 장영희 선생님을 그리며

자그마하시지만 거인보다 더 크게 살다 가신 장영희 교수님이 떠나신 지 어느덧 12년이 되었습니다. 영문학자로서 수필가로서 그리고 교육자이자 사회사업가로서도, 생전에도 사후에도 영향력이 크신 분인지라 그분을 추모하는 2년 전 10주년 기일에는 그분의 추모 에세이집이 출간되고 추모회도 성대하게 열렸습니다. 제가 학창 시절 학업과 상관없이 존경하고 좋아했던 선생님이셨기에 몇 년 전 써 놓았던 글을 소개합니다.

2005년 11월 28일 18시 30분 코엑스 대양홀에서 저는 제가 흠모하는 장영희 선생님을 마지막으로 뵈었습니다. 그리고 4년 후 11년 전 2009년 57세의 이른 나이에 그분은 유명을 달리하셨습니다. 선생님이 그때까지 보여 주었던 삶에 대한 강한 의지도, 단 한 번도 찡그린 모습을 허용하지 않았던 웃음도 그분의 삶과 죽음의 경계까지는 막지 못했습니다. 그녀의 질곡 있는 삶이 축약되어 있는 무거운 두 다리를 지탱해 준 도우미 크러치 없이 가벼운 몸으로 선생님은 그렇게 하늘로 올라가셨습니다. 그토록 좋아하고 존경하고 동업자이자 친구 같은 평생 후원자, 아버지 장왕록 교수님 곁으로……

저는 장영희 님을 교수님이라 부르지 않고 선생님으로 부르고 있습니다. 재학 시절에도 그랬었고, 졸업 후 찾아가서 뵐 때도 늘 그렇게 부르곤 했습니다. 그분과의 관계가 단순히 학문과 지식을 수수하는 사제 사이가 아니라 그보다 더 많고 큰 외연을 주고받았던 사이라고 저 스스로 생각해서 저도 모르게 그렇게 하고 있는 것 같습니다. 그분이 살아온 역사를 살펴보면 그분은 영문학 교수 이상으로 보여 준 게 많으신 참으로 잘난 분이십니다.

장영희 선생님과 제자들, 1988년 서강대 인문학관 앞

저희 복학 남학생들과 유난히 친하셨던 친구 같은 선생님, 저희 복학

남학생들이 유난히 좋아했던 선배이자 누나였던 선생님……. 저희 동기 중에 선생님을 따르지 않는 친구가 있었을까요? 아래 사진 속에 보이는 많은 친구들과 선생님의 모습에서 그런 각별했던 사제 관계가 유추됩니다. 그렇지만 그렇게 친함을 자부했던(?) 저였음에도 매 학기 신청했던 선생님의 수업에선 B학점 이상을 맞아 본 적이 없습니다. 아니, 선생님께서 주신 적이 없습니다. 당연하지만 그만큼 공과 사가 엄격했던 선생님이셨습니다.

2005년 그해 시월경 선생님으로부터 전화가 왔습니다. 당신께서 주관한다 하시면서 역대 과 총 동문 모임 행사를 하니 저도 왔으면 좋겠다는 것이었습니다. 사실 그때까지 과에 대한 로열티 제로였지만 장영희 선생님이 주관하신다는 사실 하나만으로 저는 행사 날 그곳을 한달음에 달려갔습니다. 행사는 대박, 대성공이었습니다. 코엑스 대양홀이 수많은 동문들로 꽉 찼으니까요. 개교 이래 영문학과 최대 모임이었다고 합니다. 이후로도 지금까지 그렇게 큰 과 동문 모임은 없는 것으로 알고 있습니다. 그만큼 '장영희'를 사랑하는 동문들이 많기에 그게 가능했을 것입니다. 장영희가 보여 준 티켓 파워, 선생님의 큰 영향력을 보여 준 자리였습니다.

그날 장영희의 절친을 자처하며 자기가 더 젊고 지은 죄가 없었으면 선생님께 프러포즈했을 거라 너스레를 떨며, 선생님과 참석자들을 위해 피아노를 치며 몇 곡의 노래를 시원스레 불러준 가수 조영남 씨의 모습도 생각납니다. 피아노 의자 높이가 맞지 않는다며 지근거리에 앉은

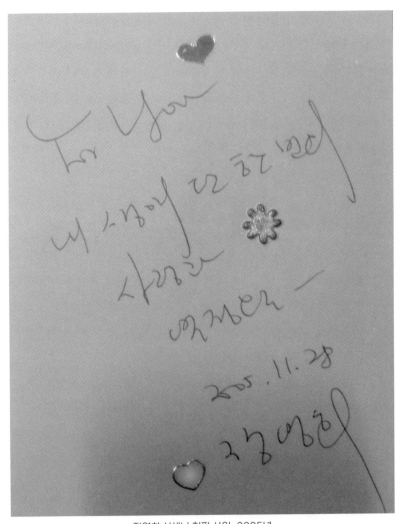

장영희 선생님 친필 사인, 2005년

지명에서 이순으로의 기행

행사 도우미 재학생들의 두꺼운 원서를 빌려 엉덩이에 깔고 연주하며 불렀지요.

행사가 끝나고 저는 선생님께 달려가 조우하며 반가움을 나눴습니다. 서슴없이 "광용아……." 하고 반갑게 부르며 트레이드 마크인 함박웃음을 지어 준 선생님의 모습이 글을 쓰는 지금 또 가슴에 박힙니다. 그때 선생님은 저에게 당시 출간한 지 얼마 안 된《내 생애 단 한 번》에세이집을 선물해 주셨습니다. 받으려고 하는 찰나 "가만있어 봐." 하시더니 가방 속에서 뭔가

장영희 선생님 수필집
《내 생애 단 한 번》, 샘터사, 2010

를 주섬주섬 꺼내어 다시 당신이 방금 사인하신 책 표지를 여셨습니다. 하트 꽃잎 스티커였습니다. 그걸 꾹꾹 누르며 현장에서 붙여 주십니다. 소녀 같으신 분…….

최근 이 책을 또 읽어 보았습니다. 장영희 선생님의 희로애락이 들어 있는 자전적인 수필……. 책 내용 중 사랑과 짝사랑에 눈이 머무릅니다. "살아가는 일은 어쩌면 사랑하는 일의 연속인지도 모른다.", "먼지가 되기보다는 차라리 재가 되겠다."……. 때론 아프게 때론 불꽃같이 살다 간 선생님의 삶과 사랑에 대한 일성이 제 귀에 울리는 듯합니다.

"너도 그렇게 살라"고…….

장영희

1952~2009

서강대 영문학과 졸, 뉴욕주립대 올버니 캠퍼스 영문학 박사

서강대 영문학과 교수, 한국 장애인 재단 감사

《내 생애 단 한번》, 《살아온 기적 살아갈 기적》, 《문학의 숲을 거닐다》,

《생일》 등 다수의 저서

지명에서 이순으로의 기행

경자신축(庚子辛丑)

끝은 양면성을 가지고 있습니다

수업이 끝난 아이들은
기쁨에 교문을 뛰쳐나가지만
방학이 끝난 아이들은
슬픔에 방문을 걸어 잠급니다

사랑이 끝난 연인들은
이별의 슬픔에 가슴이 아프지만
이별이 끝난 연인들은
재회의 기쁨에 가슴이 설렙니다

업무가 끝난 직장인들의
귀가 발걸음은 가볍지만
휴가가 끝난 그들의
귀사 발걸음은 무겁기만 합니다

적금 납입이 끝난 어머니는

목돈 수령으로 기뻐하시지만
월급 수령이 끝난 아버지는
퇴직으로 불안해하십니다

이처럼 끝은 대개의 경우 극단적인 모양새를 보여 주고 있습니다. 그래서 무언가 딱 부러지는 결론을 요구하곤 합니다. Happy Ending과 Sad Ending은 많이 들어 봤어도 So-So Ending이 흔치 않은 이유입니다. 있다 하더라도 그렇지 않게 흑백으로 결론짓고 싶어 하는 인간의 심리도 작용할 것입니다. 이제 너 이상이 없는 끝, 끝이니까요.

하루를 남긴 2020년이 끝이라 해도 예년과 달리 끝처럼 보이지 않는 것은 올해 내내 우리를 괴롭혀 온 코로나가 끝나지 않아서일 것입니다. 그 역병이 2021년으로 그대로 이어서 가기에 끝이 끝스럽지 않은 것이지요. 좋든 나쁘든 뭔가의 매조지되는 마침이 있어야 하는데 그렇지 못한 세밑입니다. 결코 Happy Ending이기 힘든 올해, 2020년의 종말입니다.

끝은 대개 따라오는 시작과 붙어 있습니다. 내년의 시작이 올해의 끝과 붙어 있는 것처럼 말입니다. 1월은 그래서 두 얼굴을 가진 야누스(Janus), 재뉴어리가 되었죠. 통상적으로 끝이 좋으면 이어지는 시작은 좋을 수밖에 없습니다. 그리고 설사 끝이 나쁘더라도 시작은 좋아진 끝을 기대하게 합니다. '새', '새로운'의 힘입니다. 그래서 내년 2021년 새해가 희망차기도 하지만 더 기대를 갖게 하는 것은 올해 Happy Ending

지명에서 이순으로의 기행

동해안 일출, 양양 쏠비치

을 가로막은 주범 코로나의 백신 개발 성공으로 비로소 접종이 실행되기에 그렇습니다. 지금까지처럼 예방이 우선된 정치와 사회 총화의 힘이 아닌 치료가 전제된 과학과 의학의 힘이 발동되기에 2021년 이맘때는 Happy Ending을 노래할 수 있게 되기를 거듭 희망합니다.

아래 글은 제가 올해 4월 1일 저희 회사 식구들에게 보낸 글입니다. 인류가 지난 수 세기 동안 경험해 보지 못한 위기라지만 21세기 AI까지 출현한 세상이라 세밑인 오늘까지 이 위기가 진행될 거란 생각까지는 못한 시각에서 당시 쓴 글이었습니다. 주지하다시피 민족시인 이상화 님이 그토록 열망했던 '빼앗긴 들의 봄'은 결국 찾아왔습니다. 1926년 그 시를 발표하였으니 19년 걸린 일입니다. 2020년 코로나로 인해 빼앗긴 우리의 생활, 경제, 사람, 스킨십……. 부디 새해 2021년엔 꼭 되찾게 되기를 기원합니다.

Goodbye 경자년!
Welcome 신축년!

코로나 20200401

빼앗긴 들에도 봄은 오는가? 100여 년 전 민족시인 이상화 님이 나라를 빼앗겼으니 봄조차 빼앗기겠네……. 라며 망국의 한을 통탄해했던 것처럼 2020년 지금 우리의 봄이 그렇습니다. 봄은 왔으되 봄을 노래하지 못하니 빼앗긴 들에 서 있는 시인의 봄 신세와 다르지 않습니다. 무망하게 코로나에게 우리의 봄을 빼앗겨서 그렇습니다. 지난 겨우내 그토록 기다렸던 봄인데 말입니다.

춘삼월 시작과 동시에 일제히 열었던 학교 문은 아직도 굳게 닫혀 있습니다. 새봄과 함께 뛰쳐나와 무리 지어 뛰놀던 아이들의 재잘거리는 합창 소리도 아직 들리지 않습니다. 봄 햇살, 봄꽃, 봄 시내, 봄 아지랑이, 봄나물을 즐기러 산과 들로 봄나들이 가곤 했던 사람들은 여전히 그들 집 울타리 안에서만 맴맴 돌고 있습니다. 새봄을 걸고 펼쳐졌던 다운타운의 각종 봄맞이 이벤트와 축제의 현수막은 어딜 가도 보이지 않습니다. 이렇게 춘삼월이 31일이나 지나갔지만 정지와 연기는 계속 되풀이되어 세상의 모든 일정은 막연한 추후만을 기약 아닌 기대하고 있습니다.

그렇게 오늘 4월의 문턱까지 넘어섰습니다. 노벨상 수상자 'T.S. 엘리엇'이 잔인하다고 한 그 4월입니다. 그를 안 이후 왜 4월이 잔인할까라고 의혹의 시선과 함께 천재 시인의 난해한 역설로만 치부하곤 했지만 올해는 직격탄으로 딱 들어맞는 바로 그 4월입니다.

그래도 세상은 계속 기다리기만 할 수도 없고, 더 이상 멈출 수도 없습니다. 잔인한 인간의 봄과 상관없이 변치 않는 자연의 봄은 여지없이 앞으로 앞으로 나아가니까요. 그에 맞춰 며칠 후 청명이면 농부들은 그간 광에 묵혀 둔 연장을 챙겨 논밭으로 나가야만 합니다. 큰 호흡 한 번 하고 대지에 첫 삽을 푹 담그며 올 농사를 본격적으로 시작하겠지요. 인간은 매번 그렇게 자연의 주기에 맞춰 순응하며 살아왔습니다. 그것이 말 그대로 가장 자연스러우며 탈이 없기도 했습니다.

이번 코로나 사태는 그 자연의 법칙과 순리를 따르지 않은 언밸런싱 크랙으로부터 시작된 탈입니다. 과거 유럽을 초토화시킨 페스트가 그러했고, 남미 원주민을 몰살시킨 천연두도 그러했습니다. 어느 한 지점에서 예상치 못하게 발생한 조그만 금이 나비효과가 되어 엄청난 재앙으로 인간을 파괴하곤 했습니다. 더구나 이번 일은 글로벌화된 21세기에 발생했기에 이제 우리가 정밀 지구리는 한 마을에 옹기종기 모여 살고 있음을 실감하게 하고 있습니다. 그 폭넓고 신속한 전염력으로 말입니다.

이 사태를 통해 인간은 멈추거나 퇴행하는 것 같지만 결국은 한 발자국 더 도약할 것입니다. 빌 게이츠를 비롯한 세계의 여러 선각자들이 코로나를 통해 그동안 못 보아 왔거나 알면서도 외면했던 인간사의 불완전한 점을 지적하고 개선을 촉구하고 있기에 그렇습니다. 보이는 질병을 치유하는 것만이 극복해야 할 과제가 아니라 인간사 내면의 과제까지 치유해야 한다는 것입니다. 회고와 자성을 통해 시대에 부합하는 인간 사회와 인간관계로 리셋하자는 것입니다. 이참에 그렇게 미래를 준비하자는 것입니다. 부정 속에서 피어나는 긍정의 시도입니다.

이상화 님의 '빼앗긴 들'은 결국엔 찾아왔고, 엘리엇 님의 '잔인한 황무지'에서도 라일락은 피어났습니다. 봄은…… 봄입니다. 봄봄!

싱그러운 봄꽃 라일락

세상 최고의 천재 컴포저(Composer)

피아노를 잘 연주하는 사람이 있으면 우리는 그를 '피아니스트'라 부릅니다. 그도 자기를 소개할 때 그렇게 말할 것입니다. 그리고 그 악기를 통해 그가 음악 전반에 대한 이해와 통찰력의 수준이 높아져 자신을 변화시키는 단계까지 되면 그는 '뮤지션'이 되고 우리는 그를 그렇게 부릅니다. 한 단계 더 나아가 그의 음악적인 깨달음의 수준이 보다 더 높아져, 이전에 없던 새로운 음악 세계를 창조하고 그 창조물이 시대를 막론하고 사람들에게 감동을 주면 그는 비로소 '예술가'라 불리면서 많은 사람들로부터 큰 사랑을 받게 됩니다. 이 하이어라키는 언젠가 강의를 들은 인문학자 최진석 님으로부터 들은 내용입니다.

일찍이 히포크라테스가 얘기했던 인생은 짧고 예술은 길어야 하는 이유가 여기에 있는 것입니다. '아티스트'란 시대를 초월하는 사람들이니까요. 그리고 이러한 레벨의 아티스트들을 우리는 '천재'라고 부릅니다. 이는 음악뿐이 아니라 예술에 속해 있는 여러 장르에서도 같은 흐름의 사다리를 타고 올라갈 것입니다. 그래서 전 요즘 양산되는 그저 그런 대중음악인이나 아이돌에게까지 아티스트란 칭호를 부여하는 것이 그렇게 불편해 보일 수가 없습니다.

역사적으로 세상 모든 학문과 전문 분야엔 세상을 바꾸고 사람들을 놀라게 하는 천재들이 계속 존재해 오고 있습니다. 음악 세계에만 하더라도 장르별 여러 부류의 천재가 있지만 제가 생각하는 최고의 천재는 바로 이 글 타이틀인 '작곡가'입니다. 엄밀히 이야기해서 클래식 음악 작곡가이고 더 엄밀히 이야기하면 교향곡이나 오페라의 작곡가입니다. 왜 그들을 Music Maker, Writer나 Creator가 아니고 'Composer'라고 부를까요? 저의 판단이 맞는다면 그들의 창작 능력도 대단하지만 거기에 구성을 조합하는 능력까지 따라야 하고 그것이 또 감탄스럽기 때문에 처음부터 그렇게 불렸을 것이라 생각됩니다.

저는 어렸을 때 모차르트나 베토벤이 심포니를 작곡하면 멜로디만 작곡하는 건가라고 생각한 적이 있었습니다. 사실 현대의 모든 대중음악은 대개 그렇게 하니까요. 작곡가가 단선 메인 멜로디를 작곡하면 편곡은 편곡자가 따로 하는데 요즘은 기계나 컴퓨터가 그것을 대신하기도 합니다. 심포나 오페라를 요즘 대중음악 작곡가가 TV에 나와 자랑스레 말하기도 하는 10분 안에 급 떠오르는 영감으로 작곡할 수 있을까요? 영화 〈아마데우스〉에서 모차르트가 당구대 위에서 공을 굴려 박자를 세어 가며 작곡하는 모습을 우리는 기억할 것입니다. 그러한 세기적인 천재도 새로운 음악 생산을 위해선 그렇게 고뇌하며 작업을 하는데 말입니다. 그래서인가 컴포저는 클래식 음악에 한정하고 실제 사전적인 의미도 그렇습니다.

오케스트라 악기 파트별 악보

알다시피 클래식을 연주하는 오케스트라엔 많은 악기들이 등장합니다. 현악기로는 바이올린(1, 2), 비올라, 첼로, 콘트라베이스, 하프, 관악기로는 트럼펫, 트롬본, 프렌치호른, 튜바(이하 금관 악기), 클라리넷, 플루트, 오보에, 바순(이하 목관 악기), 타악기로는 팀파니, 사이드드럼, 베이스드럼, 심벌즈, 그리고 건반 악기로 모든 악기의 제왕인 피아노가 있습니다. 이건 기본 구성 악기들입니다. 때론 작곡가의 필요에 의해서 피콜로도 등장하고 잉글리시호른, 마림바, 색소폰, 캐스터너츠, 쳄발로 등 여러 악기들이 호출됩니다.

비발디 이후 모든 작곡가들은 이 모든 악기들의 음정, 음색, 음역, 음량, 코드, 포지션 등을 꿰뚫어야 합니다. 베토벤이 전원을 산책하다가 갑자기 멋진 악상이 떠올라서 오선지를 후다닥 꺼내서 멜로디를 옮겨

적었는데 그것만으로는 안 된다는 것입니다. 여기까지는 크리에이터의 영역일 것입니다. 그것을 위에 이야기한 각각의 악기들에게 어떤 역할을 부여해서 배치하고 구성해야 최적의 '완벽한 음악(Orchestration)'이 탄생할 건가에 대한 고민이 따라야 하고, 그것을 악보로 표기할 수 있는 능력까지 있어야 할 것입니다. 그래서 그는 크리에이터지만 동시에 컴포저입니다. 오페라 작곡가는 거기에서 더 나아가 인간의 목소리와 원전의 스토리까지 이해해야 하니 가히 종합 예술의 창조자가 맞습니다.

저는 지금도 그들이 미스터리입니다. 범부의 따라갈 수 없는 한계라지만 어찌 코드와 음색이 다른 그 모든 악기들을 그렇게 정확히 숙지하고 소리를 최적화시킬 수 있을까요? 그것도 그토록 어린 나이일 때 말입니다. 흔히 천재는 20세 이전에 판명된다고 합니다. 역사상 20세가 넘어서 천재로 확인된 사람은 없다고 하니까요. 그 어린 나이에 작곡하는 것(Creating)까지는 그래도 천재니까 인정할 수 있다지만 또 다른 측면의 구성하고 배치하는 능력(Composing)은 제 수준에선 이해불가입니다. 그 나이가 되어도 보통 사람들은 한 악기에도 정통하기 힘든데 말입니다. 베토벤이 전원을 산책하며 교향곡의 악상을 떠올리는 순간 그의 머릿속엔 모든 악기가 조합된 완벽한 초연 장면이 떠올랐을 겁니다.

영화 〈아마데우스〉에서 모차르트가 막 갈겨 놓은 듯한 레퀴엠 악보를 보고 모차르트의 천재성에 감탄하며 초라한 자신의 능력을 한탄하는 살리에르의 굴욕적인 눈빛이 떠오릅니다. 천재와 동시대에 한 곳에서 경쟁하며 살아야 했던 그는 얼마나 불행했을까요? 하지만 우리는 얼마나 다행이고 행복합니까? 그러한 많은 위대한 컴포저들이 있어서, 그리고 우리는 그들의 경쟁자가 못 되어서 오늘날 이렇게 그들의 음악을 오롯이 즐기기만 하면 되니 말입니다.

또 하나 우리 머릿속에 있는 그들 음악가 그룹이 대단한 것은 지금 우리가 살고 있는 20세기 이후에는 그들과 견줄 만한 클래식 작곡가가 잘 안 보인다는 것입니다. 미술만 보더라도 데미안 허스트, 잭슨 폴록, 데이비드 호크니 등 천재급 아티스트들이 있고, 건축이나 문학, 과학에서도 과거와 버금가거나 더 뛰어난 현대의 대가들이 나타나지만 컴포저 그룹에선 딱히 그들 수준의 대가들이 떠오르지 않습니다. 물론 음악의 주류가 팝을 필두로 한 대중음악으로 넘어갔다고는 하나 피아니스트, 바이올리니스트 등 클래식 연주자 그룹엔 대가들이 여전히 많은데 말입니다. 그런 이유에서라도 저는 그들 과거의 천재 컴포저 아티스트들에게 여전한 경의를 표하며 오늘 이 글을 씁니다.

지휘자용 악보, 오페레타 〈용감한 병사〉

지명에서 이순으로의 기행

(음악인도 아니고 예술가도 아닌, 철저히 비전문가적인 일반인의 시각에서 쓴 글입니다. 음악적 논지나 용어 선택에 문제가 있을 수도 있다는 점을 밝힙니다. 최근에 〈카핑 베토벤〉이라는 영화를 보며 유명 작곡가에겐 그들의 악보를 필사해 주는 카피어가 있다는 것을 알게 되었습니다. 단순 노동의 영역일수도 있는 기보를 누군가 대신해 준다면 그만큼 컴포저의 창조의 시간은 늘어났을 것입니다.)

동심 크리스마스 트리

방금 전 크리스마스 트리 점등식을 끝냈습니다. 과거 해마다 전방 철 책선에서 북한을 자극하느니 마느니 했던 애기봉의 거창한 점등식이 아닌 우리 집 거실에 설치한 플라스틱 전나무 트리의 점등식을 말함입니다. 15년쯤 전 인터넷에서 2만 원을 주고 샀는데 올해도 여전히 형형색색 오색찬란한 화려함을 제 손을 거쳐 뽐내고 있습니다.

전 이런 트리가 좋습니다. 첨단 기기의 결합으로 더 화려해지거나, 오히려 거꾸로 미니멀해진 신식 트리가 쏟아져 나오지만 70년대 신부 화장 같은 이런 촌스런 '구식 트리'가 좋다는 것입니다. 어릴 때 집에서 트리 보기가 힘든 시절 성탄절에 예배당에 가면 볼 수 있었던 화려한 불빛을 휘감은 그런 트리입니다. 그 시절 조명이라곤 일자형 형광등과 30촉, 60촉 백열전구가 다였던 때였으니 충분히 그럴 만했습니다. 하물며 어린아이의 눈에야······.

여전히 제 앞 트리의 불빛은 기차처럼 빠르게 달려가고, 때론 교대로 켜졌다 꺼졌다를 반복하며 그 임무를 수행하고 있습니다. 그 불빛을 보노라면 어린 시절 크리스마스가 떠오릅니다. 산타클로스 할아버지가 있느니 없느니, 선물을 양말에 넣느니 마느니, 그가 굴뚝으로 오느니 마느니 옥신각신했던 시절입니다. 아마 성탄절 바로 전까지는 아기는 어떻게 생기고 어디서 나오냐를 가지고 자못 심각하게 논쟁을 벌였던 시기였을 겁니다.

열일하고 있는 우리 집 크리스마스 트리 #1

아, 그래서 제가 이런 구식 트리를 좋아하나 봅니다. 동심, 크리스마스 트리 속엔 저의 사라진 어린이가 숨어 있습니다. 트리에서 밝혀지는 그 불빛 하나하나는 마치 동심의 열매마냥 저를 그 시절 세계로 안내하곤 합니다. 그땐 많이 추웠지만 이 앞에서만큼은 더없이 따스했던 크리스마스 트리의 형형색색 불빛들……. 어쩌면 이따 한밤중 아무도 없을 때면 성냥팔이 소녀가 추위를 피해 이 트리 뒤로 나타날지도 모릅니다. 슬프고 가엾은 그녀, 이젠 그녀도 따스해야 할 텐데…….

그녀의 슬픈 이야기는 언젠가 읽었던 신문 글(by. 석영중 고려대 교수) '도스토옙스키'의 〈그리스도의 크리스마스 파티에 초대받은 꼬마〉라는 동화로 이어집니다. "갑자기 눈앞이 환해지면서 찬란한 크리스마스 트리와 인형 같은 아이들이 보였다. 이날이 되면 예수님은 크리스마스 트리가 없는 아이들을 위해 파티를 열어 주셔." 그들은 모두 크리스마스 이브에 얼어 죽어 천국에 올라간 꼬마들입니다. 그리스도가 아이들에게 축복을 해 주고 있고 다른 쪽엔 아이들을 지켜주지 못한 엄마들이 울면서 서 있습니다. 그래도 마지막 장면엔 천사가 된 아이들이 우는 엄마에게 다가가 "고사리 같은 손으로 눈물을 닦아주며 여기는 너무 좋은 곳이니 이제는 울지 말라고 달래 주었다."로 끝을 맺습니다. 차암, 도스토옙스키 그 사람…….

크리스마스 트리가 등장하는 팝송 중에 우리에게 특히 익숙한 노래가 있습니다. 바로 '비지스'의 〈First of May〉입니다. 제목은 5월의 첫날이지만 이 노래의 메시지를 관통하는 오브제는 12월의 크리스마스 트리입니다. 곡에서 비지스는 크리스마스 트리를 아이와 어른의 세계를 구분하는 경계선으로 규정하고 있습니다. 정확히는 크리스마스 트리의 높이가 그렇다고 노래하고 있습니다. 크리스마스 트리보다 키가 작았을 땐 아이의 세계이고, 그보다 키가 크면 어른의 세계라는 것입니다.

우리에겐 오로지 따스하고 풍성한 추억만이 있는 크리스마스 트리, 그것보다 키가 작았을 때는 세상모르고 사는 꿈 많고 행복한 동심이지만 그 높이를 추월하는 순간부턴 만만치 않은 인생이 시작된다는 것입니다. 마치 우산같이 생긴 그 트리 아래서 보호받고 살다가 이후엔 거친 세상에 내던져진다는 것이죠. 부모의 무릎 아래에서 살던 아이가 희로애락 오욕칠정 쓴맛단맛을 경험하며 세상을 알아 간다는 것입니다. 노래에서 트리 아래에서 손가락을 걸었던 첫사랑은 역시나 깨집니다. 찬란해야 할 5월의 첫날은 이렇게 아픈 날로 기억됩니다.

크리스마스 트리 앞에서 이 노래가 유독 더 의미 있는 것은 저도 그렇게 깨진 첫사랑 때문이 아니라 〈First of May〉가 3년 넘게 변하지 않는 제 핸드폰 컬러링이기에도 그렇습니다. 그만큼 저 개인적으로 좋아하는 곡이라 할 수 있겠지요. 3형제로 구성된 비지스는 적어도 제가 생각하기엔 우리 한국인의 정서에 가장 가까운 팝송을 부르지 않았나 생각해 봅니다. 70년대 말 토요일 밤의 열기 속 디스코 풍의 곡으로 넘어가기 전까진 감미로운 음성으로 슬로 풍의 서정적인 팝송들을 계속해서 불러 댔던 그들이었습니다. 그로 인해 비틀스보다 더 많은 비지스의 노래를 들어 오며 자란 우리 세대였습니다.

크리스마스 트리보다 훌쩍 커 버린 지금 당신의 동심 크리스마스 트리는 마음속 어디에 어떻게 자리하고 있는지요? "내가 어렸을 때 난 크리스마스 트리보다 키가 작았고 그 아래 세상에 살았습니다. 어느 날 내 키는 크리스마스 트리보다 커졌고 이후 모든 것이 달라졌습니다." 눈앞에서 반짝반짝 빛나는 크리스마스 트리, 바로 우리가 끝까지 잡고픈 동심의 나무입니다.

열일하고 있는 우리 집 크리스마스 트리 #2

지명에서 이순으로의 기행

수인선의 부활

　1995년에 죽은 '수인선'이 부활하였습니다. 죽은 지 25년 만의 일입니다. 예수 그리스도처럼 어둠에서 한 번에 벌떡 일어난 것이 아니라 죽어 있던 신체 부위를 조금씩 조금씩 새롭게 이어 붙여 최종적으로 완성한 부활입니다. 그 마지막 부위인 한대앞역에서 수원역까지의 노선을 이어 붙이고 생기의 숨을 불어넣어 전체를 움직이게 한 날이 바로 그제, 2020년 9월 12일이었습니다. 이제 인천에서 안산을 거쳐 수원까지, 또는 수원에서 인천까지 한 번에 기차로 갈 수 있는 세상이 되었습니다.

　이것은 실로 문명이 이룩한 장대한 연결 같지만 오래 전 옛날 1937년 일제강점기 수인선 개통 후 1992년 철거 전까지 오십년 이상 그래 왔던 일이 다시 가능해진 것입니다. 그때와 달라진 점은 철로가 넓어지고, 단선에서 복선이 됐으며, 그 위 올라탄 열차의 성능과 시설이 좋아졌습니다. 1995년이 아니고 1992년이라 한 것은 철거도 한 번에 다한 것이 아니라 부분적으로 점차적으로 이루어져 당시 인천에서 수원까지 탈 수 있는 기차가 끊어진 시점이 그때이기에 그렇습니다.

　수인선의 부활이 제가 관심을 가질 수밖에 없고 펜을 들게까지 된 것은 이 뉴스를 접하고 그 기차에 대한 과거의 아련한 추억이 떠올라서 그렇습니다. 그렇습니다. 그 수인선 안에 저의 고향이 들어 있습니다. 지금은 '안산'이라는 큰 도시가 되었지만 과거 시로 개발되기 전엔 '경기도 시흥군 군자면 원시리'라는 행정 명을 가진 곳이었습니다. 이곳에서 태어나서 초등학교 취학 전까지 살다가 저희 집은 인천으로 이사하였습니다. 하지만 할머니가 계신 큰집은 여전히 그곳에 있어 초·중·고 학창 시절 방학 때만 되면 여름이든 겨울이든 봇짐 짊어지고 방학 내내 그곳 고향 시골에 내려가서 머물렀습니다.

  하는 일이라곤 그저 그 동네 시골 또래 친구들이랑 뛰어 노는 게 전부였습니다. 방학 때에도 아이들이 학원에 얽매여 있는 요즘 같은 시대에선 상상하기 힘든 일탈이지만 그땐 그것이 자연스러운 시절이었습니다. 할머니, 큰엄마, 큰형수 등 큰집 식구들은 방학 때마다 그렇게 내려와 있는 군식구들이 귀찮을 법도 한데 어린 제 눈엔 전혀 그렇지 않아 보였습니다. 대가족 시스템 하에서 흩어진 친지 동기들이 모이는 것만으로도 행복했던 시대라서 그랬을 겁니다. 그런데 지금도 고마움이 생각나는 분들은 전부 여자분들이네요. 하긴 남자들은 딱히 귀찮을 게 없으시니…….

  이때 인천에서 고향역인 당시 '원곡역'까지의 교통수단이 수인선이었습니다. 매년 때마다 여러 차례 애용했던 고향 열차였습니다. 과거의 원곡역은 지금은 사라졌지만 그 시절 현재 안산 전철역과 멀지 않은 곳에 위치한 그림 같은 역이었습니다. 현재 서해선 전철의 원곡역과는 다른 곳입니다. 거기서 시골길 십리를 힘겹게 걸어 걸어 들어가야 큰집이 있는 시우 부락에 도착할 수 있었습니다. 편하게 '싯굴'이라고도 불리는 마을입니다. 그땐 어려선가 그 길이 그렇게 멀어 보였습니다. 이윽고 저 산모퉁이 돌아 할머니 집 동네 어귀 첫 집이 보일 때의 반가움이란! 당연히 제 발걸음은 빨라졌습니다. 고지가 바로 저기이니…….

1970~80년대 원곡역 모습

사실 당시 인천에서 고향역인 원곡역에 도달하는 방법은 한 가지가 더 있었습니다. 인천에서 시외버스로 지금은 시흥시가 된 신천리 로터리에서 내려 부천에서 출발한 버스로 갈아타면 그 버스의 종점이 바로 원곡역이었습니다. 그런데 당시 이 버스는 잘 타지 않았습니다. 연결성이 안 좋고 시간도 오래 걸려서 기차를 놓쳤을 때에만 버스를 이용하곤 하였습니다. 사실 그보단 비행기는 언감생심 꿈으로만 알고 있던 어린 시절 실현 가능한 수단 중 최고는 단연 기차였기에 그랬을 겁니다. 쓰고 보니 당시 원곡역은 시골이지만 나름 교통의 요지였네요. 교통이 열악한 시기였음에도 기차와 버스가 만나는……. 그리고 당시 단선인 수인선의 많은 역 중 중간에 위치해 상하교행이 가능한 몇 안 되는 역이었습니다.

수인역이라고도 불리고 남인천역이라고 불리는 곳이 인천 쪽 종점입니다. 이곳에서 기차는 용현-송도-남동-소래-달월-군자-원곡-고잔-일리-사리-야목-어천-고색을 거쳐 종점인, 아니 시발점인 수원역에 도착합니다. 쓰면서도 신기하게 생각되는 제 머릿속에 남아 있는 당시의 수인선 노선역입니다. 지금은 사라진 옛 지명도 있네요. '인수선'이 아니고 '수인선'인 것은 수원이 경기도 도청소재지가 있는 중심도시라서 그런 것이 아닌가 생각됩니다. 경부선과 만나는 요충지이기도 하지만 당시 수여선이라는 노선도 있었던 것을 보면 더욱 그러한 생각이 듭니다.

'수여선'은 수원에서 여주까지 운행됐던, 수인선과 마찬가지의 협궤 열차였습니다. 두 기차 모두 꼬마열차였지요. 수여선도 일제강점기에 만들어졌고 철거는 수인선보다 훨씬 빨리 이루어졌지만 현재 여건상 부활은 쉽지 않아 보입니다. 과거 일제는 여주 경기미 곡창 지대에서 수확한 쌀을 수원을 통해 서울과 항구가 있는 인천으로 실어 날랐습니다. 수여선과 마찬가지로 수인선은 일제강점기엔 군자, 소래 염전 지대의 소금을 인천항으로 운송하는 역할을 하였습니다. 모두 불행한 식민지 시대 그들의 병참 수송의 필요성에 의해 만들어진 철도였습니다.

과거에 제가 수인선을 탈 땐 하루에 2시간 간격으로 열차가 운행되었는데 그중 두 편은 증기기관차였습니다. 요즘은 영화 속에서나 볼 수 있는, 시커먼 연기를 내내 뿜으며 칙칙폭폭 소리를 내며 달려가는 바로 그 기차입니다. 화부가 석탄을 때서 움직이는 그 기차가 70년대 후반까지 수인 철로 위에선 달리고 있었습니다. 다른 시간대엔 동차라 불리는 동력이 무엇인지 잘 모르는 나름 현대적인 열차가 운행되었습니다.

소래 포구에 전시된 당시의 증기 기관차

2020년 현재 우리나라에서 가장 대중적인 교통수단인 전철이 개통된 해가 1975년이니 당시엔 마치 과거와 현재가 동시에 존재해 있는 듯 했습니다. 수인선의 그 증기 기관차는 일제가 1910년 이 땅에 처음으로 개통시킨 철로인 경인선의 기차와 같은 모습이었습니다. 수인선은 1932년 부분 개통되었고 완공은 1937년에 됐으니 그 기차는 40년의 세월을 그 철로 위로 달린 것입니다. 경인선과 수인선, 당시 두 열차의 종착역인 인천에서 기찻길에 서면 시간이 인버전 되듯 현재와 과거 두 가지를 모두 볼 수 있었습니다. 시간을 순행하는 열차와 시간을 역행하는 열차⋯⋯.

수인선은 부활했지만 제가 그것을 과거처럼 애용할 일은 없을 겁니다. 지금 사는 곳이 서울이기도 하지만 그때의 제 고향이 사라져서 그렇기도 합니다. 1980년대 들어서 경기도 시흥군 군자면 원시리는 경기도 안산시 단원구 원시동이 되면서 고향과 생가는 흔적도 없이 사라졌습니다. 도로명 주소로 바뀌기 전 주소이니 또 바뀌었겠네요. '산천은 의구하되 인걸은 간 데 없네.'가 아닌 '인걸은 의구하되 산천은 간 데 없네.'가 된 것입니다. 물론 도시화된 고향에서 도시인이 되어 사셨던 할머니, 큰엄마를 비롯한 많은 친지와 고향 이웃분들이 유명을 달리하셨으니 이젠 '인걸도 간데없고 산천도 간데없는' 고향이 되었습니다.

큰집 옆에 우리 집이 있었습니다. 그 옛날 아버지가 장가가셨을 때, 큰집 마루에 걸린 사진으로만 뵌 저희 할아버지께서 큰집 옆에 땅을 사서 새로 지어 주신 집이었습니다. 차자가 분가를 하게 됐으니 새집을 마련해 준 거죠. 뒤란엔 쪽문이 있어 큰집, 작은집이 서로 통했습니다. 아마도 그 문을 통해 큰집, 작은집의 많은 것이 오갔을 겁니다. 시집살이하셨던 큰엄마와 우리 엄마의 동서간의 애환도⋯⋯. 조상묘가 있던 산과 연결된 큰집 뒷 비탈에 일찍부터 감나무들이 있어서인가 우리 집 뒷둑엔 새집과 함께 밤나무들을 심었습니다. 그 나무들과 함께 우리 집 남

지명에서 이순으로의 기행

매들이 자랐겠지요. 큰집과 작은집, 감과 밤……. 할아버지의 뭔가의 빅 픽쳐가 있었던 듯도 하고요.

대문을 열면 버드나무 이어진 기다란 둑이 보이고, 둑 아래 큰길 양옆으로 건너편 산 아래 마을 둑까지 경계가 모호했던 옛 논들이 이어졌습니다. 그리고 그 큰길 끝 언덕 위엔 당시 마을 사람들이 손수 지은 아름다운 예배당이 있었습니다. 인천과 수원, 서울과도 문화적으로 격리된 시골이었지만 저희 증조할아버지 형제분들이 1909년도에 세운 100년도 넘은 유서 깊은 교회입니다. '원시리 교회', 그 교회는 현재 안산시에서 성광 교회로 그 역사를 이어 가고 있습니다.

수인선이 부활했다는 반가운 뉴스에 그때를 회고하다 보니 자연스레 선로변 고향으로 이어졌네요. 부활한 수인선을 타고 그 고향에 도착할 수 있으면 얼마나 좋을까요? 하지만 수인선은 부활해도 고향은 부활할 수 없습니다. 그래서 사라진 고향과 고향집이 더욱 생각나는 오늘입니다. 제겐 정지용 님이 노래한 〈향수〉의 시구만큼이나 그립고 아름다운 그곳입니다. 그곳이 차마 꿈엔들 잊힐리야…….

아래 사진은 안산시로 개발되기 전의 원시리 고향 마을 모습입니다. 중앙 왼쪽에 보이는 그 교회가 창립 90년 되던 해에 교회사를 편찬하였는데 창립자의 후손인 저희 형님이 90년 사 출간을 담당하시며 찾아낸 희귀본입니다. 논에 물이 가득 저수된 것을 보니 농한기인 겨울에 찍은 사진인 듯합니다. 오른편 중앙에 제가 태어난 집도 보이네요. 1976년도……. 영원히 갈 수도, 볼 수도 없는 꿈속의 고향입니다.

1970년대 경기도 안산시 원시리 407번지 전경

　　　　　　　　　　　　　　　지명에서 이순으로의 기행

또 가야 될 이유가 참 많은 피렌체

피렌체!

후대의 사가들은 미스터리라고 합니다. 어떻게 이탈리아 반도의 조그 만 도시에 불과한 이곳에서 근 한 세기 동안 전후에 세계사를 뒤흔든 그 토록 많은 천재들이 활동을 했는지 말입니다. 우리는 그 정신과 활동을 '르네상스'라고 부릅니다. 중세 기나긴 천년의 암흑을 깨는 근세로의 전 환이 이 도시의 다양한 장르의 천재들에 의해서 시도되었습니다.

우리가 중·고등학교 교과서에서 달달 외웠던 유명 인물의 면면만 살 펴봐도 실로 놀랍기만 합니다. 회화의 지오토, 보티첼리, 건축의 브라만 테, 브루넬레스키, 조각의 도나텔로, 그리고 르네상스 3대 거장이라 불 리는 올 어라운드 만능인 미켈란젤로, 라파엘로, 레오나르도 다빈치, 이외에 단테, 마키아벨리 등의 사상가들까지 이 모든 사람들이 그 무렵 그곳에 거주했거나 거쳐 간 사람들입니다. 피렌체를 주 무대로 활동했 던 천재들입니다. 인구가 기껏해야 10만도 안 됐을 텐데 말입니다.

아름다운 피렌체 전경

　당시 피렌체를 지배했던 메디치 가문의 아낌없는 후원이 그렇게 만들었다고는 하지만 그렇다 하더라도 인구 비율상 천재들이 너무 많습니다. 그리고 천재는 후천적 노력과 후원으로 만들어지는 것은 아니니까요. 또한 《군주론》을 집필한 마키아벨리는 메디치의 후원은커녕 오히려 그 가문 때문에 화를 입은 사람이고, 《신곡》의 단테는 메디치와는 아무 상관없이 그 시대 이전에 살았던 사람이니 말입니다. 역사상 화려한

지명에서 이순으로의 기행

셀럽과 스타들이 가장 많이 살았던 도시를 뽑으라면 그건 당연히 그 무렵 피렌체일 것입니다.

1995년 배낭여행으로 처음 방문했던 피렌체는 위와 같은 궁금증이 생기기 이전의 단순 여행이었습니다. 토스카나 주의 주도이며 영어로는 꽃의 도시 '플로렌스'라 불리는 르네상스의 도시 정도로 알고 기차역에서 내렸었습니다. 광장에 나오자마자 이 도시에서 나를 반갑게 맞은 첫 환영객은 바로 비둘기였습니다. 정확히 말하면 엄청난 비둘기 떼가 투척하는 배설물⋯⋯. 화를 겨우 면한 후 길에서 사 먹은 피렌체표 아이스크림이 어찌나 크고 맛있었던지요. 과연 열정과 냉정 사이의 도시.

그 후 저는 2003년 업무상 이태리 방문 기회가 있어 일행들을 따라 피렌체를 한 번 더 가게 됩니다. 그때는 두 번째이므로 전에 가 봤던 주요 관광지들을 확인하는 수준의 주마간산형 여행을 했습니다. 한 번 봤다 이거지요. 하지만 이후 국내에 밀어닥친 인문학의 유행으로 피렌체에 대한 관심도가 커짐에 따라 저 역시 그 도시를 심도 있게 다시 보기 시작하였습니다. 이전엔 몰랐던 사실을 배우고, 의미를 깨달음에 따라 그것들을 실제 확인하고픈 욕망이 급성장하게 되었습니다. 또 피렌체를 가야 합니다. 앞선 과거 두 번의 여행을 후회하며 언제일지 모를 미래 세 번째 여행을 기대하고 있습니다.

피렌체 도시 문장   메디치 가문 문장

　이제 전 피렌체에 가면 메디치(로렌초)가 어린 미켈란젤로를 처음 만났던 정원 '아틀리에'를 찾아서 방문할 것입니다. 어느 날 그곳에서 조각하던 어린 소년을 보고 메디치는 그의 비범성을 단번에 알아차리고 그를 데려가 양자로 삼았으니까요. 메디치가 그날 일정이 바뀌어 그곳을 방문하지 않았다면 세기의 천재 미켈란젤로는 채 꽃을 피우기도 전 역사 속으로 사라졌을지도 모릅니다.

　피렌체 외곽에 거처를 마련하고 시내 중심 두오모를 바라보며 와신상담했던 비운의 천재 마키아벨리의 움막 거주터도 물어물어 찾아 방문할 것입니다. 그곳에서 그는 백수가 되었지만 매일 밤 관복을 차려입고 상상 속에서 역사 속 위대한 성현들과 대화를 나누며 《군주론》을 집필했으니까요. 그 책을 메디치(로렌초 2세)에 헌정해 복직을 노린 그였지만 끝내 그는 자리를 얻지 못하고 울분 속에 죽어 가야만 했습니다. 하지만 그가 남긴 《군주론》은 불멸의 저서가 되어 이후 역사의 제왕, 정복자, 그리고 독재자 등 정치 지도자들의 통치 교본이 되었습니다.

그리고 피렌체 시내를 가르는 '아르노'강의 베키오 다리 위에서 과거 르네상스인들을 생각하며 폼 잡고 상념에 빠지게 될지도 모릅니다. 그 천재들이 이런저런 이유로 숱하게 넘나들며 발자국을 찍은 다리일 테니 말입니다. 전에는 잘 몰라서 줄 서기 싫어 그냥 통과했던 '우피치 미술관'은 꼭 입장해 모든 방을 샅샅이 뒤질 예정입니다. 위에 열거한 메디치 사단의 천재 예술가들의 작품은 물론 그들이 토해낸 숨결까지 고스란히 그곳에 있을 테니까요.

 메디치가의 마지막 메디치(안나 마리아 루이사)는 과연 메디치답게 그 모든 명작, 명품들을 피렌체 시에 기증했습니다. 단, 그 가문의 상속 유물인 그것들을 피렌체 시 밖으로 반출하지 않는 조건으로 말입니다. 그렇게 메디치는 르네상스가 되고 그가 곧 피렌체가 되었습니다. 위대한 사람이 위대한 시대를 만들었고 그곳은 위대한 성지가 된 것입니다.

 끝으로 산타마리아 노벨라 성당 앞 동명의 약국도 꼭 가 볼까 합니다. 세계에서 가장 오래된 약국이라는데 지금은 고고한 세월 속에 명품 화장품 브랜드로 발전했지요. 제가 살아 있는 한 제 수염은 멈추지 않고 자랄 테니 애프터 쉐이브 용품은 늘 제 곁에 있어야 합니다. 피렌체의 향, 서울에서 제가 지불한 가격의 1/3이라는데…….

 Firenze!
 이래저래 또 가야 될 이유가 참 많은 도시입니다.

춥지만 더 추운 것은

2021년 1월 8일 오늘은 올해 들어 최고의 한파, 아니 작년부터 이어지는 올 겨울 최고로 추운 날이라고 합니다. 점심시간 저는 지인과의 약속된 식당으로 가기 위해 도산 사거리 신호등에 서 있었습니다. 그제 내린 폭설에 추위가 더해 아직도 녹지 않은 내리막 보도를 조심스레 긴장하며 걸어 내려온 터였습니다. 역방향 차로 오르막 갓길엔 그젯밤 누군가 버리고 간 차가 아직도 눈을 뒤집어쓰고 있는 게 보였습니다. 추웠습니다. 추워도 고통스러울 정도로 추웠습니다. 올 겨울 느껴지는 가장 매서운 한기, 움직이지 않고 건널목 신호등 파란불을 기다리는 그 시간이 왜 그렇게 길게만 느껴지는지요? 그곳의 오늘 정오의 온도는 영하 13도였습니다.

이 정도 추위 속에서도 인간은 이렇게 고통스러워합니다. 제가 살면서 경험했던 최고의 추위는 바로 군 복무 시절이었습니다. 철원 산속에서 보냈던 20대 초반의 제 젊은 날의 살벌했던 겨울……. 막사 마당 끝 비닐하우스 세면장에서 페치카 위에 얹어 덥혀진 양동이 물로 머리를 감고 수건으로 물기를 턴 후 전속력으로 막사를 향해 달려가 문을 열고 온기 있는 실내로 들어오면 그 짧은 순간 짧은 군인의 머리는 밤송이처럼 빳빳하고 날카롭게 서 있었습니다. 불과 10여 미터밖에 안 되는 거

지명에서 이순으로의 기행

리였는데 말입니다. 그 겨울 철원의 최저 온도는 영하 27도였습니다.

그런데 그 정도 추위는 추위도 아니라고 하는 사람들이 있습니다. 며칠 전 뉴스에 극한의 추위를 뚫고 등교하는 러시아 초등학생들의 모습이 소개되었습니다. 뉴스 영상 속 희뿌연 눈보라 속 어린아이들은 그 추위 속에서도 재잘거리며 등교합니다. 날씨와 상관없이 이렇게 친구들과 떠들면서 학교 가는 모습은 전 세계 공통일 것입니다. 그런데 춥고 시야가 가려서 그런지 그들의 재잘거리는 목소리 톤은 소리치듯 꽤나 높았습니다. 다른 나라 뉴스에도 소개될 정도이니 얼마나 춥기에 그랬을까요? 그날 러시아 동부 동토 사하 공화국 소도시 '오이먀콘' 길거리 온도계에 찍힌 온도는 영하 50도였습니다.

지구에서 가장 추운 마을 '오이먀콘' 겨울 전경

사하공화국 '오이먀콘' 지도

　영하 52도가 돼야 학교가 문을 닫는데 거기에 2도 모자라니 아이들은 여느 때와 같이 학교를 가야 했습니다. 최저 온도 기록으로 영하 71.2도를 기록한 적도 있다고 하니 대단한 추위이고 대단한 주민들입니다. 그곳 오이먀콘을 다룬 다큐멘터리를 TV에서 본 적이 있었는데 화창한 햇살 아래 웃통을 벗고 일광욕을 하는 중년 남자의 모습이 나왔습니다. 인터뷰에서 그 남자는 겨울치곤 따뜻한 날이라 그러고 있다고 했는데 그날 온도는 영하 25도였습니다. 제가 철원에서 하도 추워 이런 날이면 얼어 죽을 수도 있겠구나, 라는 생각까지 들던 날에 그는 일광욕을 즐기는 것이었습니다. 반면에 겨울에도 온화해 난방 시설이 필요 없는 남중국 광동이나 홍콩에선 간혹 기록적인 한파로 동사하는 사람이 나오는데 들은 바 그날 온도는 영상 4도쯤 되는 날이었습니다.

과연 인간은 환경의 동물인가 봅니다. 위와 같이 기온과 한파 하나만 보더라도 겉모습은 같을지언정 그가 사는 자연환경에 맞춰 다르게 적응하며 살고 있으니 말입니다. 오랜 시간에 걸쳐 그런 적응 과정을 거치며 어느 순간 세팅 완료, 지금 각자의 삶으로 정착된 것이겠지요. 다시 또 환경이 변하면 또 그 환경에 맞춰 생존에 적합한, 마이크로한 진화를 계속하게 될 것입니다. 모습과 구조가 달라지는 거창한 진화만이 진화는 아니겠지요. 그리고 인간뿐만이 아니라 지구상에 존재하는 모든 생명체도 생존을 위해 이렇게 계속 진화하고 있을 것입니다. 이렇게 자연환경에 유리한 쪽으로 선택되는 과정, 《종의 기원》을 쓴 다윈 〈진화론〉의 핵심입니다. 이런 의미에서 진화는 진보이고 변화이고 발전일 것입니다. 더 좋아지기 위해, 또는 더 나빠지지 않기 위해 가장 좋은 방향으로 이루어질 테니까요. 인간은 '환경의 동물' 맞습니다.

새해가 밝았음에도 여전히 코로나가 기승을 부려 장기화되어 가고 있는 이 시기는 인류가 이전에 겪은 적 없는 새로운 환경입니다. 우리 인간은 이것을 극복하고자 크게 보면 두 가지 노력을 하고 있는 중입니다. 하나는 이것을 비정상으로 보고 비정상적인 이 환경을 본래의 정상적인 환경으로 돌리려는 적극적인 노력입니다. 면역을 위한 백신 개발과 접종이 이에 해당될 것입니다. 코로나가 없는 이전 세상을 꿈꾸며 기울이는 노력입니다. 또 하나는 지금 이 환경이 비정상적이지만 어쩔 수 없이 받아들이고 적응하고자 기울이는 다소 소극적인 노력입니다. 사회적 거리 두기로 대표되는 언택트 시대, 거기에 맞춘 인간의 변화된 라이프 스타일이 바로 그것입니다. 지금 우리가 실천하며 살고 있기에 내용

감시 속에 사는 문명사회

은 설명 안 해도 잘 아실 것입니다.

2020년 12월 8일 수도권 방역 지침 2.5 단계가 발효된 이후 지금까지 한 달여간 저의 저녁 모임은 단 한 건도 없었습니다. 지난 연말 송년회 와도 겹치는 기간이니 그 이전에 잡아 놓은 약속들은 모두 취소되었고 이후 새로운 약속은 전혀 잡지 않고 있습니다. 평일 일과 후, 칼퇴 후 집 안에서만 노는 완벽한 집돌이, 주말은 삼시 세끼 집 밥만 먹는 삼식이, 딱 그 모습으로 거의 집 안에서만 살고 있습니다. 과거엔 이상하거나 특 별했을지도 모르는 이 모습은 이제 보편적이고 일상적인 저 부류의 남 자들 모습이 되었습니다.

그런데 이러면 갑자기 닥친 오늘 한파처럼 괴로워야 하는데 꼭 그렇 지 않다는 게 사뭇 신기합니다. 사람을 못 만나도, 운동을 못 해도, 영화 관과 공연장을 못 가도 그렇게 불편하지 않다는 것입니다. 1년이 넘어 간 코로나 환경 속에 제가 서서히 그렇게 적응된 것이겠지요. 과거 저 희 기호나 성향, 행동반경으론 상상할 수 없는 삶이지만 저는 지금 그렇 게 진화되어 살고 있습니다. 저뿐만 아니라 저와 지난 12월 송년회에서 만나기로 했던 모든 사람들이 이렇게 살고 있을 것입니다. 어쩔 수 없는 일이라 하더라도 이것은 비정상의 정상화, 악화가 양화를 구축한 것입 니다. 진화, 아니고 퇴화입니다. 돌아가야 합니다.

코로나를 극복하기 위해 적극적인 노력을 하고 있는 국가는 이제 각 개인의 삶에도 적극적으로 개입하게 되었습니다. 백신이 없는 상태에서 확진자를 위한 신속한 치료 조처와 전염 예상자의 감염을 막기 위해 그렇게 할 수밖에 없을 것입니다. 그런데 이것은 왕왕 사생활 침해로 이어지곤 합니다. 논란이 많았던 지난 8.15 광화문 집회에서 보았듯이 통신사의 기지국을 통해 정부는 출석을 안 부르고도 손쉽게 그 많은 사람들을 파악할 수 있었습니다.

프랑스의 선각자 미셸 푸코가 50여 년 전《감시와 처벌》에서 얘기한 국가는 거대한 감옥이 될 수 있음을 체감하는 시대입니다. 그 책의 부제는 '감옥의 탄생'입니다. 갇힌 죄수들은 감시자를 볼 수 없지만 감시자는 그들 모두의 일거수일투족을 감시할 수 있는 구조의 감옥, 그들 모두를 내려다볼 수 있는 '판옵티콘(pan-opticon)'이 정당화되는 세상이 되었습니다. 감시받는 것보다 두려운 것은 감시받고 있을지도 모른다는 불안함입니다. 사실 이전에도 그랬었고, 그럴 수도 있었지만 민주 국가의 법령 하에 조심스레 접근됐던 개인의 사생활이 코로나 세상에선 공공의 이익이란 미명 하에 과도하게 통제되고 감시당하는 느낌을 지울 수 없습니다. 어쩔 수 없는 조치라 하더라도 이 또한 비정상의 정상화, 악화가 양화를 구축하고 있는 것입니다. 진보, 아니고 퇴보입니다. 돌아가야 합니다.

코로나만 없다면야 그럴 필요 없는 일, 안 해도 될 일, 해서는 안 될 일들이 개인도 사회도 국가도 하고 있는 불행한 시기입니다. 큰 손실이고 낭비입니다. 오늘 백신 접종에 따른 온 국민 집단 면역화 목표 시점을 올해 11월로 예상한다는 정부 발표가 나왔습니다. 목표라지만 처음으

지명에서 이순으로의 기행

로 끝 시점을 얘기하니 일단 반갑습니다. 작년 이맘때 초기엔 '메르스'처럼 좀 지나면 사라지겠지 하며 가볍게 치부되던 코로나가 1년이 지난 지금은 또 1년여가 지나야 사라지게 될 것이라는 예상에도 반가움을 표하게 됩니다. 환경의 동물 인간의 역설적인 적응의 힘인가 봅니다.

(그런데 스마트폰이나 개인 컴퓨터 없던 시절에 이런 역병이 돌면 그 땐 집에 갇혀 무엇을 하며 소통했을까요? 지금은 영상 통화도 있고 카톡이나 문자 등 각종 SNS 등을 통해 아쉬우나마 비대면 만남을 이어 가는데……. 여기저기에 집전화를 걸었을까요? 아님 편지를 썼으려나요? 그렇게 먼 옛날도 아니기에 갑자기 궁금…….)

눈 내린 양재천의 겨울

프로방스 미술왕

파란 지중해가 떠받들고 있는 땅, 남불 '프로방스'는 예술가들의 영감의 샘인가 봅니다. 여기서 예술가는 화가입니다. 발 닿는 몇몇 도시들마다 그곳을 대표하는 터줏대감 미술왕이 어김없이 그 도시를 장악하고 있었습니다. 추석을 낀 2018년도의 가을 여행입니다.

프랑스 남부 프로방스 지방의 주요 도시 지도

로마 시대 갈리아 속주의 두 번째로 큰 도시인 '아를'은 누가 뭐래도 고흐가 대표로 꼽힙니다. 콜로세움을 닮은 그 시대의 건축물인 생생한 원형 경기장보다 죽은 고흐를 보기 위해 더 많은 사람들이 이곳을 찾고 있습니다. 네덜란드인이지만 그는 그의 예술 인생의 꽃을 이곳 아를에 서 피웠습니다. 말이 꽃이지, 그의 이곳 생활은 불행하기 짝이 없었습니다. 그가 가던 카페, 고갱과 함께 묵었던 노란 하숙집, 치료받던 병원, 쳐다보던 별이 빛나는 론강의 밤하늘 등 그가 거쳐 간 아를의 다양한 모습들이 그의 붓을 거쳐 사각 화폭으로 옮겨졌습니다. 그리고 그것들은 어김없이 위대한 시대의 예술 유산으로 남겨졌습니다. 고흐는 화우 룸메이트 고갱과 헤어지고 아를의 요양원에 입원 후 거처를 생레미의 요양병원으로 옮겨 갔습니다.

아를에서 멀지 않은 '엑상프로방스'엔 세잔이 대표 선수입니다. 그는 사과를 가지고 놀다가 현대 회화의 아버지가 되었습니다. 혁명기에 이곳에서 정치 활동을 한 미라보라는 강력한 도시의 경쟁자가 있지만 그래도 도시는 온통 세잔입니다. 그의 작업실이 고스란히 남아 있는 것은 물론, 오가는 거리와 건물 등의 간판에서 쉽게 세잔이란 이름을 발견할 수 있습니다. 왜냐하면 이곳은 그의 활동 터전 이전에 그가 태어났고 대학까지 교육받은 도시이기에 더욱 그럴 것입니다. 세잔은 부유한 은행가 아버지의 강권으로 법학으로 지금도 유명한 엑상프로방스 대학에서 법학을 전공한 흔치 않은 이력의 화가입니다. 그는 이곳에서 절친인 후에 프랑스의 유명 지식인이 된 에밀 졸라의 권유로 파리로 가서 미술을 공부하게 됩니다. 물 좋은 온천 도시인 엑상프로방스는 요즘 더 많은 관광객을 끌어 모으려 프랜차이즈 스타인 세잔을 한껏 더 띄우고 있습니다.

엑상프로방스에서 동쪽으로 좀 이동해 니스 근교로 가면 샤갈의 마을인 '생폴드방스'가 있습니다. 그의 대표작 〈나와 마을〉의 미래적 초현실성과는 거리가 먼 골목 구석구석 모든 곳이 예쁘고 그림 같은 동화 속 과거 마을입니다. 북쪽 몽셀미셀이 바다 위에 떠있는 성이라면 남쪽 생폴드방스는 언덕 위에 올려진 성입니다. 적어도 당신이 그 안에 있다면 당신은 지금 중세 프랑스로 시간 여행을 하고 있는 것일 겁니다. 그 팬시함을 더하려 이곳 거의 모든 옛집은 기프트 샵, 카페, 갤러리이지만 유달리 현역 작가의 아뜰리에가 눈에 많이 띕니다. 샤갈의 후예들입니다. 샤갈의 무덤이 있는 마을이니까요. 좁은 성안 개활지 공터 공동묘지에 그의 무덤이 보입니다. 아시다시피 그는 러시안입니다. 그러함에도 이곳 주민들은 98년 그의 인생 중 마지막 20여 년을 이곳에서 보낸 외지인 샤갈에게 마을의 한 자리를 아낌없이 내주었습니다. 영원히 생폴드방스에 머물라고…….

생폴드방스 가까운 곳, 니스와 칸느 사이 코트다쥐르 해안가에 위치한 '앙띠브'는 피카소의 영지입니다. 도시를 지켰던 과거 성주는 그가 살던 성을 외지인 피카소에 내주어 지금은 피카소 미술관으로 쓰이고 있습니다. 스페인 말라가 출신인 피카소는 이곳 앙띠브에서 60세가 넘어 40여 년 연하인 친구의 딸과 6번째로 결혼하고 왕성한 작품 활동을 하였습니다. 그는 이후 한 번 더 결혼하여 럭키 세븐을 달성했습니다. 과연 잘나갔던 천재 아티스트답게 그는 예술과 세속에서 그가 이루고 싶은 것은 다 이루고 살았습니다. 피카소는 위의 엑상프로방스의 미술왕 세잔을 그의 유일한 스승이자 아버지와 같은 존재라 할 정도로 그에 대한 경외심을 가지고 있었습니다. 그가 이런 영감의 땅, 프로방스로 온 이유인지도 모르겠습니다. 프로방스에서 피카소의 흔적은 근처 고르드라는 중세 도시의 대형 동굴 채석장에서 펼쳐지는 미디어 파사드 쇼로도 만나볼 수 있었습니다.

고흐가 갔을 법한 프로방스의 해바라기 필드

프로방스엔 이들 외에도 열거 못한 많은 미술왕들이 그들의 도시를 대표하고 있습니다. 왜 프로방스는 이렇게 많은 거장들을 불러들이고 못 떠나게 했을까요? 일단 사람이 가장 살기 좋은 고온건조의 지중해양성 기후 탓이라 생각됩니다. 지중해는 역사적으로도 로마 제국이 가장 탐낸 지역이었습니다. 그래서 그 유역의 땅을 야금야금 침범해 넓혀 가더니 결국은 그 큰 바다를 그들의 내해로 삼았습니다. 로마에 둘러싸인 호수 같은 바다가 된 것이지요. 당시 프로방스는 갈리아 속주에서 로마의 지배를 받은 첫 번째 지역이었습니다. 그만큼 그들이 탐낸 곳이었습니다.

이렇게 사람이 거주하기 좋은 곳은 역시 사람인 화가들도 거주하기 좋은 곳일 겁니다. 무엇보다도 프로방스는 그들이 작품 활동하기에 좋은 환경을 제공하였습니다. 사시사철 따뜻하니 아무 때나 물감과 캔버스를 들고 밖으로 나가 이젤을 세우면 그곳이 곧 그들의 아뜰리에가 되었을 테니 말입니다. 또한 그들의 작업에 꼭 필요한 빛과 광선을 제공하는 태양이 그 어느 지역보다도 훌륭하니 그들은 프로방스를 사랑하지 않을 수 없었을 것입니다.

그래서인가 프로방스엔 같은 예술가임에도 음악가는 그리 눈에 띄지 않습니다. 실내에서 피아노 의자에 앉아 오선지를 앞에 놓고 머리를 쥐어짜며 작업하는 그들의 악상 영감 발현에 굳이 태양, 벌판, 산과 강 등의 온화한 자연은 필요치 않아서 그랬을는지 모릅니다. 대신 음악가들은 프로방스 위 북쪽 큰 도시들에서 우리가 딱 그렇게 연상하고 있는 모습 그대로 찬바람에 검은 망토 위 옷깃을 세우고 이곳 미술가들처럼 한껏 실력 발휘를 하고 있었습니다.

If or If not

프로스트의 '가지 않은 길'로 갔다면

〈라라랜드〉……. 꿈을 꾸는 사람들을 위한 별들의 도시라는 뜻의 제목에 힘입어서인가 이 영화는 2016년도에 개봉하여 흥행과 비평 모두에서 성공을 거둔 화제의 영화가 되었습니다. 전 세계에서 5천여 억을 벌어들였고 아카데미에서 6개의 오스카 트로피를 거머쥐었으니 충분히 그럴 만합니다. 투자자와 제작자 그리고 배우 모두 영화 시작 전 꾼 꿈 그대로 모두가 찬란한 별이 된 것입니다.

당시 관람 시 이 영화의 후반부 어떤 장면에서 제 시선은 유독 길게 고정되었습니다. 남자 주인공인 재즈 피아니스트 역인 라이언 고슬링이 자기 공연장에 우연히 관객으로 들어온 옛 연인 역인 엠마 스톤을 보고 회한에 잠기는 장면입니다. 그는 자신과 헤어진 후 배우로 성공해서 지금은 다른 남자의 부인이 된 그녀를 처음 만났을 때를 회상합니다. 레스토랑에서 피아노를 치던 그와 마주 선 그녀, 눈빛이 교환되고 불꽃도 튀려 하는 찰나 그는 그냥 쓱 그녀를 지나칩니다. 이건 과거의 현실입니다. 이후 어찌어찌해서 둘은 연인 관계로 발전하지만 만약 그때 그가 와일드하게 그녀를 와락 껴안고 키스를 퍼부었다면 그와 그녀의 미래는 달라지지 않았을까 하는 과거의 상상입니다. 영화에선 피아노 옆 첫 키스 후, 연애를 거쳐 결혼해서 가정을 꾸리고 육아를 함께 하는 상상의 나래가 뽀샤시하게 파스텔 톤으로 펼쳐집니다.

과연 그랬을까요? 라이언 고슬링의 상상대로 그가 그때 엠마 스톤과 키스를 하였다면 그 둘은 결혼까지 이어졌을까요? 남자들이 하는 말 중에 내가 첫사랑에 실패만 하지 않았다면 이라는 호기 어린 말이 있습니다. 여러 사람들 모인 자리에서 큰 소리로 얘기하는 것이 정석으로 돼있는 말입니다. 그 자리가 술자리라면 효과는 더욱 배가 됩니다. 탁자도 한번 탁 치면서……. 그런데 첫사랑에 실패하지 않았다면 과연 뭐가 달라졌을까요? 〈라라랜드〉의 라이언 고슬링이 상상하듯 그녀와 결혼해서 지금 행복하게 살고 있을까요? 아니면 더 나아가 첫사랑 그녀 때문에 인생까지 확 풀려 지금보다 성공적인 삶을 살고 있을까요?

우리는 살면서 꽤나 많았던 선택의 순간에 내가 만약 그때 그렇게 했더라면, 또는 그렇게 하지 않았다면 이라는 가정을 해봅니다. 그리고 그 가정으로 인한 상상 속 결과의 대부분은 지금보다는 나은 상태에 있는 본인의 모습일 것입니다. 그런 가정을 한다는 것 자체가 '베터 라이프 (better life)' 결과를 전제해서 하는 확률이 높을 테니까요. 현재에 백 프로 만족하는 사람이라면 그런 가정을 할 확률은 상대적으로 낮을 것입니다. 일종의 자기 최면으로 현재가 만족스럽지 못하니 상상 속에서라도 그러고픈 것이겠지요. 그래서 그 순간은 잠시 행복해할지도 모르겠습니다. ~할 걸, ~하지 말 걸 이렇게 아쉬워하며 말입니다. 그래서 인생

숲 속에 두 갈래 길

은 선택과 후회의 연속이라 불리나 봅니다. 이른바 걸걸걸, 껄껄껄 인생입니다.

이러한 인간의 심리에 기초하여 쓰인 아주 유명한 시가 있습니다. 우리 고등학교 교과서에 실려 우리나라에서도 잘 알려진 로버트 프로스트의 〈가지 않은 길〉이란 시입니다. 노랗게 물든 숲 속에 두 갈래 길이 있어 어느 쪽으로 갈까 고민에 빠진 화자 '나'는 이런저런 생각과 고민 끝에 한 길을 선택하게 되는데 그 길은 발자국이 덜 찍힌 길이었습니다. 그 선택으로 인해 먼 훗날 화자 나의 모든 것이 달라졌다고 술회하는 인생이 깃들어 있는 명시입니다.

가지 않은 길

노란 숲 속에 두 갈래 길이 있었습니다. 나는 두 길을 다 가지 못하는 것을 안타깝게 생각하면서 오랫동안 서서 한 길이 굽어 꺾여 내려간 데까지 바라볼 수 있는 데까지 멀리 바라보았습니다.

그리고 똑같이 아름다운 다른 길을 선택했습니다. 그 길에는 풀이 더 있고 사람이 걸은 자취가 적어 아마 더 걸어야 될 길이라고 나는 생각했던 것이지요. 그 길을 걸으므로 그 길도 거의 같아질 것이지만

그날 아침 두 길에는 낙엽을 밟은 자취는 없었습니다. 아, 나는 다

음 날을 위하여 한 길은 남겨 두었습니다. 길은 길에 연하여 끝없으므로 내가 다시 돌아올 것을 의심하면서

훗날에 훗날에 나는 어디선가 한숨을 쉬며 이야기할 것입니다. 숲속에 두 갈래 길이 있었다고, 나는 사람이 적게 간 길을 선택하였다고, 그리고 그것 때문에 모든 것이 달라졌다고.

The Road Not Taken

Two roads diverged in a yellow wood,
And sorry I could not travel both
And be one traveller, long I stood
And looked down one as far as I could
To where it bent in the undergrowth;

Then took the other, as just as fair,
And having perhaps the better claim,
Because it was grassy and wanted wear;
Though as for that, the passing there
Had worn them really about the same,

And both that morning equally lay

In leaves no step had trodden black,

Oh, I kept the first for another day!

Yet knowing how way leads on to way,

I doubted if I should ever come back.

I shall be telling this with a sigh

Somewhere ages and ages hence;

Two roads diverged in a wood and I······.

I took the one less traveled by,

And that has made all the difference.

　　마지막 구절 "I took the one less traveled by, And that has made all the difference." 과연 진짜 그 길을 선택해서 그의 인생이 그렇게 달라졌을까요? 그러면 선택하지 않은 길로 갔으면 어떻게 됐을까요? 저도 궁금하고 우리 모두가 궁금해하는 그 길입니다. 가지 않은 그 길이 왠지 매력적으로 보이는 건 사실입니다. 그 길을 선택해서 갔으면 계속해서 장밋빛 탄탄대로가 이어지고, 길 끝엔 젖과 꿀이 흐르는 땅이 나타날 것만 같기에 그렇습니다. 과연 그럴까요? 역사에 가정은 없다지만 역사적으로 유명한 몇 가지 사건을 소환해 이 질문에 대한 답을 구하고자 합니다. 모두가 이후 역사를 바꾼 중요한 선택의 순간들이었습니다.

율리우스 카이사르 *vs* 루비콘 강

"건널 것인가? 말 것인가?"

율리우스 카이사르(Julius Caesar), BC100~BC44

기원전 49년 6월, 카이사르는 루비콘 강 앞에서 중대한 선택을 해야 했습니다. 로마를 떠나 갈리아 원정을 성공적으로 수행하며 그 땅에서 8년간 총독으로 근무한 후의 일입니다. 그의 군대를 이끌고 강을 건넌 다는 것은 로마로 간다는 것이고, 로마로 간다는 것은 원로원과 1차 삼 두 정치의 파트너였던 폼페이우스와 전쟁을 벌이게 되는 것이었습니 다. 본국 로마보다 열세의 병력이었기에 목숨을 내건 일이었습니다. 강 을 안 건너고 오늘날 프랑스 땅인 넓고 풍요로운 갈리아에서 와인을 즐기며 여생을 즐겨도 될 일이었습니다. 하지만 그는 강을 건넜고 쿠데타에 성공, 로마의 종신 독재관이 되어 오늘날 역사가 평가하는 수많은 로마인 중 가장 위대한 로마인이 되었습니다.

로마 시대 루비콘강 지도

　　　　　　　　　　　　　　　지명에서 이순으로의 기행

만약 카이사르가 루비콘 강을 건너지 않았다면?

카이사르는 암살도 안 당했고 오늘날 그의 무덤은 프랑스 땅에 있을 수도 있을 것입니다. 대신 후대의 역사가는 카이사르를 로마 제국의 수많은 속주의 총독 중 일개 총독으로 그를 작고 희미하게 기록했을 것이고 독일의 '카이저', 러시아의 '짜아르' 등의 용어들도 생기지 않았을 것입니다. 정작 본인은 살아생전 황제에 오른 적이 없었는데 죽어서는 전 세계에 황제의 대명사가 된 그였습니다. 당연히 오늘날과 비슷한 태양력인 율리우스력도 존재하지 않았거나 다른 누군가의 이름으로 불렸을 것입니다.

저는 단연코 이런 일은 있을 수 없다고 생각합니다. 카이사르가 루비콘 강을 건너지 않는 일 말입니다. 그가 결심이 덜 돼 오늘날 역사가 기록하는 그날 안 건널 수는 있습니다. 그래도 영원히 안 건너는 일은 있을 수 없다는 것입니다. 그다음 달이든, 아니면 그다음 계절에, 또 아니면 그다음 해라도 그는 건넜을 것입니다. 당시 그의 주변 환경이나 정세가 그의 선택을 접게 만들 수는 없었습니다. 그리고 안 건너기엔 그의 정치적 야심이 너무 커서 루비콘 강은 건널 수밖에 없었습니다. 역사의 도도한 흐름이 그렇게 갈 수밖에 없는 환경이었다는 것입니다. 도강 전 그는 외쳤습니다. 주사위는 던져졌다고……

본디오 빌라도 *vs* 예수 그리스도

"사형 선고를 할 것인가? 말 것인가?"

〈빌라도 앞에 선 그리스도〉, 미하이 문카치, 1881

갈리아 속주의 카이사르가 루비콘 강을 건너고 82년 후 남쪽 유대 속주에선 세기의 재판이 열리고 있었습니다. 유대엔 헤롯왕이 있었지만 당시 사법권은 정복자인 로마가 갖고 있었기에 재판은 총독 '본디오 빌라도(폰티우스 필라투스)'가 주관하고 있었습니다. 그런데 문제가 있었습니다. 빌라도가 볼 때 속주 유태인 지배층이 끌고 온 나사렛 사람 '예수 그리스도(지저스 크라이스트)'에게 사형을 선고할 만한 죄가 발견되지 않았기 때문입니다. 그들은 사형을 강력하게 청하는데 말입니다. 그

지명에서 이순으로의 기행

래서 돌려보냅니다. 그랬더니 돌아갔다가 다시 또 와 사형을 청합니다. 그래서 또 돌려보냅니다. 군중을 모아 놓고 하나님의 나라가 어쩌고저쩌고 얘기하는 건 유대교 국가 유대에선 그 훨씬 이전 아브라함 때부터 선지자들이 숱하게 해 온 일이어서 그랬을 것입니다.

빌라도 입장에서 유죄성을 가리는 중요한 포인트는 예수의 설교 중 로마에 유해한 반 식민지적 정치색이 있었느냐 없었느냐, 인데 그런 것은 아무리 살펴봐도 없었습니다. 이 재판 몇 년 전 총독 살해 미수로 중형을 선고받은 영화 〈벤허〉의 주인공 '유다' 같은 죄가 그들이 눈을 부릅뜨고 찾는 죄입니다. 그런데 예수는 로마를 비난하기는커녕 오히려 '가이사의 것은 가이사에게'라고 설교하며 정복국 로마의 조세 정책에 순응하라고까지 했으니 죄라 할 것이 더욱 없었던 것입니다. 아 참, 가이사는 카이사르이니 위에서 카이사르가 만약 루비콘 강을 건너지 않았다면 예수가 이 말도 할 수 없었겠네요. 물론 신약 성경에도 나오지 않겠고요. 역사는 이렇게 과거와 맞물려 돌아가니 더 과거 없는 과거가 없듯이 과거 없는 현재는 상상할 수 없습니다. 결국 빌라도는 세 번째 재판에서 예수에게 사형을 선고합니다. 그가 원치 않는 판결이었습니다.

만약 빌라도가 예수에게 사형 선고를 하지 않았다면?

그럼 예수는 안 죽었을 테니 당연히 부활도 없었겠지요. 예수는 다른 성인인 석가모니나 마호메트처럼 80세, 60여 세까지 살았을지도 모릅니다. 하지만 부활이 없는 예수의 기독교는 오늘날과 같은 세계 종교로 성장하지 못했을 것입니다. 유대교와 선명한 차별점도 없었겠지요. 그리고 예수 인생의 하이라이트인 수난, 사망, 부활이 그의 인생에서 빠지기에 예수는 아마도 그저 위대한 유대인 선지자 중의 한 명으로 기록될 확률이 높습니다.

저는 단연코 이런 일은 있을 수 없다고 생각합니다. 빌라도가 세 번째 사형 청원에도 또 거절해서 돌려보낼 수는 있습니다. 그러면 유대 지배층 그들은 예수의 죄를 불려서 또 그를 찾아왔을 것입니다. 결국 네 번째든 다섯 번째든 그는 결국 유대 지배층의 말을 들어 줄 수밖에 없었을 것입니다. 빌라도 입장에선 속주를 다스림에 있어서 그곳을 움직이는 토착 세력인 유대 지배층의 말을 마냥 무시할 수는 없기에 그렇게 했을 것입니다. 게다가 당시는 유월절 기간이라 사람들이 예루살렘에 많이 모여 있기에 혹여 폭동이나 반란도 우려해 유대인의 대표자라 할 수 있는 그들의 청을 들어 준 것으로 보입니다. 빌라도 앞의 33살 예수란 청년은 목수 출신의 일개 서민이니 사형을 당해도 별 후폭풍이 없을 것이라는 것도 그의 선택을 바꾸는데 일조했을 것입니다.

하지만 역설적으로 빌라도의 이 선택은 훗날 그의 조국 로마를 구하게 됩니다. 약 3백 년 후 기독교는 결국 로마의 국교가 되었으니까요. 유일신의 기독교는 광대한 로마 제국의 각기 다른 민족과 국가를 하나로 묶을 수 있는 통일된 사상으로서의 역할을 수행하였습니다. 사람은 빵으로만 살 수 있는 것은 아니니까요. 올림포스 산 위에 사는 그들 로마의 신들은 숫자도 워낙 많고 족보도 복잡해 이민족들에게 주입하기

엔 적합하지 않았습니다. 말 그대로 거대한 역사의 수레바퀴 아래 하나
님의 역사하심으로 예수는 그렇게 죽을 수밖에 없었던 것입니다. 그러
므로 빌라도의 사형 선고는 그가 피할 수 없는 운명이었습니다.

로렌초 메디치 *vs* 미켈란젤로

"산책을 나갈 것인가? 말 것인가?"

로렌초 메디치(Lorenzo de Medici), 1449~1492

15세기 후반 어느 날, 피렌체의 지도자 로렌초 메디치는 그의 사유지

인 정원에 산책을 나가려 합니다. 아시다시피 그는 도시를 강하게 만든 것은 물론 많은 예술가와 학자를 양성하고 후원해 꽃의 도시 피렌체에 르네상스를 꽃피게 한 인물이었습니다. 그날 그가 향한 에덴동산을 모티브로 만든 그 아름다운 정원도 피렌체의 무명 예술가들에게 개방하여 그곳에서 무료로 자유롭게 작품 활동을 하게 한 공간이었습니다.

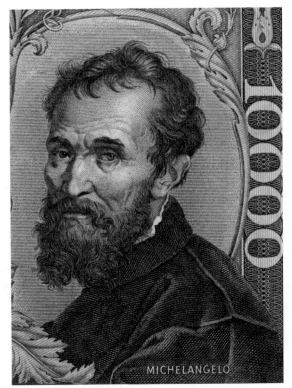

미켈란젤로(Michelangelo), 1475~1564

정원에 도착해 거닐던 로렌초는 한 작가 앞에 머물게 됩니다. 그가 조각하는 작품이 비범해 보여서 그랬는데 보니 작가는 아직 앳된 소년이었습니다. 그는 목축의 신을 조각하고 있었는데 로렌초가 보기엔 그 신이 좀 젊어 보여 그 점을 지적하였습니다. 그리고 어떻게 했을까 궁금해 그다음 날 그곳에 또 가보았더니 놀랍게도 그 신은 그가 생각하는 나이대의 신으로 완벽하게 바뀌어 있었습니다. 뛰어난 소년의 재능에 감탄한 로렌초는 그를 집으로 데려와 양자를 삼습니다. 그리고 그에게 3년 동안 그의 휘하에 있던 위대한 스승들에게 교육을 맡기는데, 놀라운 것은 조각이나 회화 등은 가르쳐 주지 않았습니다. 신학, 라틴, 철학, 고전 등 이런 인문학 범주의 교육만을 집중적으로 시켰습니다. 위대한 자라 불리는 로렌초 메디치에게서 이렇게 위대한 예술가 미켈란젤로는 탄생한 것입니다.

만약 그날 로렌초가 그 정원에 나가지 않았다면?

미켈란젤로는 그를 못 만났을 테니 그는 그의 후원도 못 받았을 것이고 양질의 인문학 교육은 더더욱 못 받았을 것입니다. 그래도 그의 뛰어난 재능에 힘입어 그는 그 시대의 뛰어난 예술가는 되었을 것입니다. 하지만 시대를 초월해 인류의 문화유산이 된 최후의 심판, 천지 창조, 다비드 등의 수준에 이르는 울트라 마스터피스는 남기지 못했을 것입니다.

저는 단연코 이런 일은 있을 수 없다고 생각합니다. 그날 비껴가서 둘

이 못 만났을 수는 있어도 언젠가 미켈란젤로는 로렌초의 눈에 띄었을 것입니다. 그다음에 방문할 때 보거나 아님 다른 장소에라도 그 둘은 만났을 것입니다. 피렌체란 공간적 틀 안에서 두 사람이 움직이니 그럴 수도 있었겠지만 고수의 눈에 고수는 결국 눈에 띄기 마련이기에 그렇습니다. 로렌초가 주관하는 조각 콘테스트 같은 것을 통해 미켈란젤로를 만났을 수도 있었겠지요. 그 둘의 만남은 예술을 향한 천재의 강한 열정과 그런 예술가를 찾는 패트런의 강한 욕망이 만들어 낸 것입니다. 그날 그 정원은 두 사람의 뻗치는 열정과 욕망의 선이 만나는 교차점이었습니다.

이성계 vs 위화도 회군

"진군할 것인가? 회군할 것인가?"

1388년 5월, 이성계와 그의 군대는 압록강 안의 섬 위화도에 있었습니다. 진군은 전쟁이고 회군은 쿠데타입니다. 진군의 끝은 요동(랴오둥)이고 회군의 끝은 개경입니다. 그가 선택한 것은 역사에 기록된 대로 회군이었습니다. 이른바 '위화도 회군', 이성계의 이 선택으로 당시 군주인 우왕은 폐위되고 최고 실력자인 최영은 참형을 당했습니다. 그들이 회군 명분으로 내세운 '사불가론'은 요동정벌이란 진군에 대한 불가론이지 그것이 회군에 이어지는 쿠데타의 명분은 아니었습니다. 하지만 역사는 그렇게 흘러갔습니다. 당시 조정 세력과 충돌 없는 원상복귀 회군은 불가능했기에 두 세력은 그렇게 부딪쳤습니다. 친원파와 친명파, 보수 세력과 신진 사대부 등 이렇게 둘로 갈라진 당시 여말의 중앙 정치판이었습니다. 그로부터 4년 후 1392년 친명 회군 세력인 이성계와 신진 사대부에 의해 조선이 건국됩니다. 회군이라는 선택이 역성혁명으로 이어진 것입니다.

고려 말 위화도 회군 지도

만약에 당시 이성계가 회군하지 않고 진군하였다면?

요동반도에 도착한 고려군……. 우리나라 역사에 이렇게 우리 군대가 중국 본토에 말발굽을 들인 적이 있었던가요? 과거 고구려와 발해 때는 발원지와 본래 영토이기에 그때완 의미가 다를 것입니다. 그렇게 명과 전쟁을 벌였으면 최영이 바라듯 승전해 함경도 철령 이북 우리 땅을 사수할 수 있었을까요? 글쎄요, 싸웠다면 모르지요. 싸움의 승패는 붙기 전까진 누구도 알 수 없으니까요.

태조 이성계, 1335~1408

                                            지명에서 이순으로의 기행

저는 단연코 이런 일은 있을 수 없다고 생각합니다. 이성계와 고려군이 회군하지 않고 압록강을 넘어 요동으로 진군할 수는 있습니다. 하지만 명과 전쟁을 벌이진 않았을 것입니다. 당시 친명파인 이성계와 그의 세력은 명과 화친을 맺거나 항복할 확률이 높습니다. 그리고 거기서 오히려 그들과 합세해 최영의 고려를 공격했을 것입니다. 회군해서 개경을 공격한 그들이니 이것은 전혀 이상한 가정이 아닐 것입니다. 결국 요동으로 진격했어도 친원 국가 고려는 멸망했고 친명 국가 조선은 세워졌을 것이란 얘기입니다. 당시 그들의 국가관이 그랬고 역사의 시계추는 그렇게 흘러가고 있었습니다. 즉 진군이든 회군이든 오늘날로 이어지는 결과는 같았을 것입니다.

저는 지금까지 역사적인 인물의 역사적인 선택을 요하는 네 가지 사건을 통해 그때 그들이 가지 않은 길을 갔더라면 어떻게 되었을까 하는 가정의 결과를 상상해 보았습니다. 보시듯 저의 결론은 '차이가 없었을 것이다'라는 것입니다. 가지 않은 길 선택 시 잠깐 그의 삶이 다르게 펼쳐지는 지겠지만 결국 결과는 오늘날 우리가 아는 그 역사와 같을 것이라는 결론입니다. 같은 역사적 환경 속에 같은 역량을 지닌 개인이 선택한 역사이기에 운명도 같은 흐름으로 이어질 것이라는 생각입니다. 이것은 흡사 나무의 가지들이 이 방향, 저 방향으로 뻗어 나간다 해도 그 가지들을 붙든 큰 줄기는 한 방향인 하늘만을 향해 나아가는 것과 같은 이치일 것입니다.

이것은 역사적인 위인이나 셀럽만 그런 것이 아니라 어느 범부의 선택도 똑같은 이치로 훗날의 오늘과 다르지 않을 것입니다. 〈라라랜드〉의 라이언 고슬링은 그의 상상처럼 그때 엠마 스톤에게 키스를 퍼부었어도 그녀와 결혼에 도달하지 못했을 것입니다. 둘의 이별 이유였던 그들 미래에 대한 같은 고민으로 둘은 역시나 헤어졌을 것입니다. 그때 피아노 앞에서 키스를 했다고 해서 그 진로에 대한 고민이 사라지는 것은 아니기에 그렇습니다.

첫사랑의 호기에 대해서도 얘기했지만 당장 저부터가 첫사랑 운운했던 남자였습니다. 저의 경우를 보더라도 그때 그녀와 헤어지지 않았다 해도 이후 그녀는 결국 저를 떠났을 것입니다. 연애 기간만 좀 연장됐을 뿐이지 분명히 똑같은 이유로 그녀는 떠나갔을 것입니다. 당시 그녀의 이상과 바람이라는 것이 성인이 될수록 더 커지면 커졌지 결코 작아지거나 사라질 것이 아니라는 것을 제가 잘 알기에 그렇게 인정할 수밖에 없습니다. 어떻게 해도 실패할 수밖에 없는 첫사랑이었습니다. 그러니 아직도 첫사랑의 환상에 빠져 있는 이 땅의 남자들은 이제 그녀를 그만 놓아 주시기 바랍니다. 어차피 당신과 그녀와는 이 길을 갔어도 또는 저 길을 갔어도 안 될 운명이었습니다. 환경이 아니고 사람이 바뀌어야 가능한 운명인 것입니다.

로버트 프로스트가 1915년 〈가지 않은 길〉 시를 발표했을 때 그의 나이는 31세에 불과했습니다. 그 나이에 이런 인생을 담다니……. 천재성이 있는 것이지요. 그러나 냉정하게 얘기하면 그때는 그가 인생이라는 큰 숙제를 완벽히 이해하고 풀었다 하기에는 그의 경험이나 지혜가 아직은 미성숙한 상태일 수밖에 없었을 것입니다. 천재에게도 필연적으로 긴 시간을 요하는 분야는 있으니까요. 인생이란 문제도 그중 하나일 것입니다. 그가 만약 인생의 이런저런 질곡을 거쳐 하늘의 뜻을 헤아린다 하는 인생 후반기 50대 이후에 이 시를 썼더라면 어땠을까요? 이렇게 저는 또 가정을 해봅니다.

〈가지 않은 길〉 시 원문엔 가지 않은 길로 안 감으로써 인생의 모든 것이 달라지고 차이가 발생했다고 그가 썼지만 혹시 이렇게 바뀌었을 수도 있지 않았을까요? 그 길을 갔어도 인생 전체엔 별 차이가 없더라고 말입니다. 즉, 시 마지막 원문인 "That has made all the difference"가 "That has made little difference"로 바뀌는 것입니다.

프로스트는 89세까지 살았습니다. 저는 그도 인생 후반기에 충분히 이런 생각을 했을 수도 있다는 상상을 해 봅니다. 그가 막상 인생을 살아보니 노란 숲 속의 이 길을 갔든 저 길을 갔든 별 차이가 없더라는 생각을 말입니다. 89세 먼 훗날까지 살아 본 인간과, 31세 먼 훗날까지 살 인간이 관조하는 인생은 분명히 차이가 있을 것입니다. 그래서 삶의 경험과 실재가 누적된 프로스트의 생각에 변화가 있었을 수도 있다는 것입니다. 그렇다고 그가 이 시를 철회할 순 없습니다. 그러기엔 전 세계에 걸쳐 너무 유명해졌고 시집도 꽤나 많이 팔렸습니다. 그래서 프로스트가 과거에서 미래를 바라보고 쓴 이 시는 이미 반드시 현재형인 인생의 진리처럼 되어 버렸습니다.

마지막으로 재미있는 증명 아닌 증명을 하고자 합니다. 가지 않은 길이 미래에 어떤 차이를 줄까 하는 사례입니다. 중국집에 식사하러 가면 우리는 대부분 고민을 합니다. 짜장면을 먹을까, 짬뽕을 먹을까 하고 말입니다. '뭘 먹을까'는 우리 삶에서 만나게 되는 선택과 고민의 대표 격이라 할 수 있습니다. 스마트폰으로 자판을 두드리며 글을 내려보내는 지금 시간이 오후 5시 20분입니다. 저는 아까 점심에 고민하다가 짜장면을 선택했습니다. 그래서 오후 이 시간까지 지나오고 있습니다. 그 사이 회사 회의도 했고 40분 전부턴 이 글 마지막 부분을 이렇게 정리하고 있습니다. 온전한 저의 현실입니다.

근데 만약 제가 과거에 짜장면이 아니고 짬뽕을 먹었다면 지금 저의 이 시간은 어떻게 되었을까요? 변화가 있을까요? 짬뽕을 먹는 점심 그 시간 저의 역사는 짜장면을 먹을 때와는 조금 다를 것입니다. 그러나 식사 시
간이 끝나면 그때부턴 제가 지나온 오늘 오후의 역사가 똑같이 이어졌을 것입니다. 물론 짬뽕이 유난히 매워 속 쓰림에 사무실로 들어오는 길에 약국을 들러 위장약을 사는 역사가 추가될 순 있습니다. 그래도 그다음 시간부턴 다시 같아져 지금 이 시간 똑같이 이 글을 정리하고 있을 것입니다. 더 심하게 짬뽕에 상한 해물이 들어 있어 오후 내내 병원 신세를 지었다 한들 어느 시점 저의 역사는 다시 짜장면을 선택한 역사와

지명에서 이순으로의 기행

같은 시간의 길을 가고 있을 것입니다.

가볍고 짧게 가지 않은 길에 대한 선택의 예를 들었지만 저는 위에서 예를 들은 율리우스 카이사르, 본디오 빌라도, 로렌초 메디치, 이성계 등의 선택도 마찬가지라 생각됩니다. 그들의 선택은 그들이 살았던 때보다 오늘날 훨씬 더 큰 역사로 평가받고 있지만 그땐 단지 한 개인의 선택일 뿐이었습니다. 그래도 사건의 중요도가 큰 만큼 이후 파장은 짜장면 짬뽕 사례보다는 컸겠지만 그래도 그들이 어느 길을 선택했든 결국 어느 시점엔 본궤도로 다시 올라와 단일 역사의 흐름으로 진행되었을 것입니다. 오늘날 우리가 알고 있는 그 역사로 말입니다.

그러니 어느 길을 선택하든 그렇게 큰 고민을 안 해도 될 것입니다. 선택을 고민한다는 것은 선택 대상의 가치가 비슷하다는 것이기에 거기에 최선을 얹기만 하면 됩니다. 그러면 그 여건과 환경 속에 선택자인 당신이 보유하고 있는 자산만큼 거기에 걸맞게 선택의 역사는 흘러갈 것입니다. 그리고 훗날 그 결과는 거의 차이가 없을 것이고, 그것이 역사의 순리라고 저는 말하고 있는 것입니다.

공자 말씀인 《논어》에서는 사람의 나이대별로 그 시기에 해야 할 일이나 상태를 지목하고 있습니다. 15세는 학문을 연마하는 '지학(志學)'의 나이이며, 30세는 세상에 나가 뜻을 세우는 '이립(而立)'의 나이라고 하였습니다. 무언가 적극적인 행동을 요하는 나이대라 하겠습니다. 40대부터는 공자의 시각이 조금씩 달라집니다. 세상일에 미혹되지 않는

다는 '불혹(不惑)'의 나이가 40세, 50세는 하늘의 뜻을 안다는 '지천명 (知天命, 또는 줄여서 지명)', 그리고 60세는 귀가 순해진다는 '이순(耳 順)'의 나이입니다. 그리고 70세는 마음이 가는 대로 행하여도 어긋나지 않는다는 해탈의 나이 '종심(從心)'이라 칭하였습니다.

보면 40세부터는 그 나이대의 사람이 보여 줘야 하는 덕목이나 상태 를 지칭하고 있습니다. 뭔가의 목표를 향해 행동하며 치고 올라가는 인 생 전반기인 30대까지와는 다릅니다. 이것을 한 마디로 축약하면 순응 의 나이대라 할 것입니다. 행동이 빚어낸 결과에 대해 의심하지 않고 하 늘의 뜻이라 생각하며, 귀도 순해지고 결국은 마음이 가는 대로 따른다 하니 순응일 수밖에 없습니다. 그리고 인생 후반기로 갈수록 이런 순응 의 강도는 더욱 세어지고 있습니다. 이 말도 옳고 저 말도 옳다고 하는 황희 정승이 되어 간다는 것입니다.

오늘 우리의 삶은 과거의 행동들이 만든 결과인데 그 행동은 선행되 는 선택에 의한 것이었습니다. 선 선택, 후 행동이니까요. 과거 어느 날 숲속에서 마주친 두 갈래 길 앞에서 한 길을 선택했고 그 길로 향해 나 아가는 행동에 옮긴 것입니다. 그런데 그때 가지 않은 길을 갔어도 그 결과는 거의 차이가 없고, 어떤 결과가 나왔다 하더라도 순응하며 살아 가는 것이 바로 인간이고 인생이라는 것입니다. 지명에서 이순으로 가 고 있는 저의 생각입니다.

지명에서 이순으로의 기행